강준현 장편 소설

FUSION FANTASTIC STORY

개척자

Pioneer

개척자 7

강준현 장편 소설

초판 1쇄 찍은 날 § 2015년 6월 12일
초판 1쇄 펴낸 날 § 2015년 6월 19일

지은이 § 강준현
펴낸이 § 서경석

편집책임 § 박용서

펴낸곳 § 도서출판 청어람
등록번호 § 제387-1999-000006호
등록일자 § 1999. 5. 31
어람번호 § 제1-2149호

주소 § 경기도 부천시 원미구 부일로 483번길 40 서경B/D 3F (우) 420-822
전화 § 032-656-4452 팩스 § 032-656-4453
http://www.chungeoram.com
E-mail § chungeorambook@daum.net

ISBN 979-11-04-90270-3 04810
ISBN 979-11-04-90076-1 (세트)

강준현 장편 소설

FUSION FANTASTIC STORY

개척자 7

Pioneer

개척자
Pioneer

CONTENTS

1장

덫을 놓다

중국에서 벗어나길 원하는 소수민족 독립 단체들에게 각종 무기와 자금을 지원하고 있는 허가량은 틈틈이 한번 실패했던 삼합회 회장의 목숨을 다시 노리고 있었다.

하지만 잠적해 버린 그를 찾기란 쉬운 일이 아니었다.

오늘도 허탕을 치고 아지트로 돌아온 허가량은 준영이 감시자 겸 경호원으로 붙여준 두 대의 로봇 중 한 대가 의자에 앉아 있는 것을 보았다.

"단장님이십니까?"

"네, 표정을 보니 오늘도 찾지 못한 모양이군요."

처음에 봤을 때는 꽤 신기했지만 이제는 무덤덤했다.

"처음에 성공했어야 했는데……."

"이 넓은 중국 땅에서 그를 찾기란 모래사장에서 바늘 찾는 격이죠. 이제 그자는 내버려 두세요."

"머리를 칠 생각이십니까?"

"네, 하지만 굳이 우리가 나설 필요는 없겠죠."

"하면?"

"소수민족 독립 단체들에게 더 강력한 무기를 쥐여 줄 겁니다."

"그래 봐야 위에 있는 놈들은 꿈쩍도 하지 않을 겁니다. 중국이 사분오열된다고 해도 놈들은 살아남아 떵떵거리며 살 놈들이죠."

"알아요. 하지만 국민들에게 보여줄 희생양은 몇 명 필요하겠죠. 저흰 그 희생양이 철무한의 아버지인 철량이 되게만 하면 됩니다."

말로는 쉽지만 결코 만만치 않은 일이었다.

허가량은 어떻게 그렇게 만들 수 있을지 나름대로 생각을 해보다가 곧 머리를 저었다.

전성기 때와 달리 스스로 생각해도 많이 어설퍼진 자신의 생각을 더하기보단 그저 준영이 시키는 대로 하는 것이 좋을 것 같아서였다.

'약간의 잔인함만 더해진다면 정말 두려운 존재가 될 텐데…….'

허가량이 보기에 준영은 깊이를 알 수 없을 만큼 심계가 뛰어나고, 그 심계만큼 추진력도 좋았다. 다만 한 가지 단점이 있다면 모질지 못하다는 것이다.

일반인이 본다면 충분히 모질어 보이겠지만 한 분야에서 정점에 오른, 가령 삼합회의 회장이나 철무한의 아버지인 철량 같은 인물들과 비교한다면 한참 부족했다.

지금 시킨 독립 단체를 지원하는 일만 해도 그랬다.

전쟁을 벌여도 상관없을 것처럼 말해놓고 막상 독립 단체들이 대량 살상 무기를 구해달라고 제안하자 난색을 표했었다.

이번에도 마찬가지로 지금은 더 강력한 무기를 쥐여 주겠다고 하지만 언제 또다시 바뀔지 모르는 일이었다.

만일 심계와 추진력, 거기에 잔인함만 더해진다면 어쩌면 세계를 좌지우지할 엄청난 거물이 될지도 모른다는 것이 허가량의 생각이었다.

'하지만 천성은 쉽게 변하는 게 아니지.'

자신에게는 목숨을 건진 고마운 일이었지만 자신이었다면 절대 자신과 같은 존재를 살려주지 않았을 것이다.

"저는 무엇을 하면 되겠습니까?"

준영이 모질든, 모질지 못하든 자신은 그에게 매인 몸.

허가량은 자신의 할 바를 물었다.

"전에 무기를 더 지원해 달라고 했던 독립 단체가 있었죠? 그들을 직접 봐야겠어요."

"그들이 원하는 걸 주실 생각이십니까? 그럼 죄 없는 많은 사람들이 다치거나 죽을 수 있습니다."

허가량이 말한 것은 전에 준영이 무기 지원에 대해 거절했을 때 한 말이었다.

"여전히 불특정 다수를 향한 테러에 대해선 반대예요. 하지만 그들의 입장에선 중국 정부를 협박하기 위한 하나의 수단이겠죠? 난 내 목적을 달성하기 위해 그들과 거래를 하는 것뿐입니다. 그들이 무엇을 하든 나완 아무 관계가 없습니다."

지금까지의 준영이 자신의 행동으로 파생되는 일까지 고려했다면, 지금은 파생되는 일에 대해서 나 몰라라 하겠다는 소리였다.

'무슨 일이 있었나?'

안 본 사이에 사람이 달라져 있었다.

물론 더 지켜봐야 알겠지만 준영은 지금 자신의 천성이 바뀌었다고 말하는 것과 다름없었다.

'어쩌면 재미있는 사람을 모시게 된 걸지도…….'

허가량에게는 전의 준영보다는 지금의 준영이 더 마음에 들었다.

누군가가 역사에 남을 일을 하는 데 도울 수 있다는 것도 마음에 들었지만 다른 한편으로는 부가적으로 자신의 복수까지 할 수 있는 일이었기 때문이었다.

"약속은 언제로 잡을까요?"

"빠를수록 좋겠죠. 약속 잡히면 다시 오도록 하죠."

"알겠습니다."

허가량이 준영이 접속한 로봇에게 고개를 숙였다 폈을 때 준영은 이미 접속을 끊은 후였다.

신장웨이우얼자치구는 중국의 서쪽에 위치한 곳으로, 1759년 청나라에 패함으로써 중국에 편입되었다. 이후 청나라를 물리치긴 했지만 곧 다시 복속되어 지금까지 중국의 소수민족 자치구 중 하나로 머물고 있었다.

대부분의 사람들이 테러라고 부르는 위구르 독립운동의 역사는 길었다.

하지만 독립운동 단체들은 중국 정부의 유화 정책과 테러에 대한 강력한 처벌로 인해 점점 힘이 약해질 수밖에 없었는데, 세계의 패권을 놓고 경쟁하는 미국이 암암리에 도우면서 지금은 활발하게 활동을 하고 있었다.

"U.I.S(Uygur is Indepentent State)는 위구르 독립 단체들 중 최근 가장 활발하게 활동하고 있는 단체로, 아자크 호반이라는 인물이 이끌고 있습니다. 오늘 만날 사람은 그의 오른팔로, 튠이라는 이름을 사용하고 있습니다."

허가량의 설명을 들으며 보고 있는 곳은 천진이 한눈에 보인다는 초고층 호텔의 스카이라운지였다.

"수장을 만나고 싶다는 말은 전한 겁니까?"

오른팔보다는 머리를 만나고 싶었다.

"예, 하지만 아자크는 중국 정부에서 예의 주시하는 인물이라 올 수가 없다고 합니다."

"아자크 호반이라는 이름만 알 뿐 얼굴도 이름도 모른다고 하지 않았습니까?"

"중국 정보국에서는 알지 않겠습니까?"

사실 중국 정보국도 몰랐다.

천(天)이 정보국을 해킹 해 U.I.S의 자료들을 샅샅이 뒤졌지만 약 40년 전 자살 폭탄 테러로 죽은 범인의 이름만 나왔을 뿐이었다.

"어쩔 수 없죠. 존재 유무가 의심스러운 수장보단 오른팔이 나을 수도 있겠군요."

가장 활발하게 활동하는 단체라 만나려는 것일 뿐 대안이 될 만한 단체들은 꽤 많았다.

"여기서부턴 혼자 들어가셔야 합니다."

험상궂기보단 외국 패션 잡지의 모델처럼 생긴 경호원들이 별실 문 앞을 지키고 있었다.

로봇의 몸이었기에 수긍하고 안으로 들어가자 방 안에는 총 네 명의 사람이 있었다.

경호원 둘, 튠이라 불리는 사나이, 그리고 눈에 확 띄는 미녀.

"어서 오시오, 미스터……?"

중국 정보부의 컴퓨터에 튠의 사진이 있어서 준영은 튠의 얼굴을 알고 있었는데, 지금 보니 전혀 다른 얼굴이었다.

준영의 마음을 알았을까 천(天)이 사진과 말을 걸어오는 인물의 이곳저곳을 분석하더니 그가 튠이 맞다고 말해줬다.

"존이라고 불러주세요."

"후후! 성은 '도' 겠군요. 반갑소. 튠이라 하오."

현재의(?) 튠은 30대 초중반으로 보였고 눈이 살짝 처져 선하게 보이는 인상이었다.

"반갑습니다, 미스터 튠."

"편하게 튠이라고 부르시오. 나도 편하게 존이라고 부르겠소."

"그러시죠. 한데 이분은?"

"애인 역할을 해주고 있는 동지요. 딱히 신경 쓸 필요는 없을 거요."

"온통 미남 미녀뿐이니 모델 에이전시로 잘못 찾아온 것이 아닌가 싶습니다."

"하하하! 우리나라가 미남 미녀들이 많기로 유명하긴 하오."

"설마 이 얼굴이 길거리에 널려 있다고는 하지 말아주세요. 당장에 그곳으로 달려가고 싶을 테니 말입니다."

튠의 동지라는 여자는 짙은 눈썹과 속눈썹에 커다란 눈, 갸름한 얼굴선을 가진 미인 중에 미인이었다.

"우리나라에서도 드문 얼굴이긴 하오. 자자, 서서 이렇게 아니라 앉아서 얘기합시다."

자리에 앉자 튠은 얘기에 앞서 음식을 주문했다. 그리고 음식을 가지고 오는 종업원에게 말을 걸어 은근히 애인과 놀러 온 사업가임을 은연중에 가르쳐 주며 팁도 팍팍 뿌렸다.

"중국 정보국의 눈이 워낙 이곳저곳에 깔려 있으니 이럴 수밖에 없소이다."

식탁이 다 차려지고 나서야 사업가 튠이 아닌 독립운동가

튠으로 돌아왔다.

"이해합니다."

"그럼 식사를 하면서 무슨 일로 우리를 찾아왔는지 들어보기로 합시다."

준영은 먹음직하지만 그림의 떡이나 마찬가지인 음식에는 별로 관심이 없었다. 그저 앞에 놓인 만두를 하나 먹은 후 바로 본론을 꺼냈다.

"귀하의 단체에 지금 지원하는 것보다 더 많은 지원을 하고 싶습니다."

"음, 내가 알기론 지난번에 우리가 원할 때는 거절했다고 들었소만."

"상황은 바뀌게 마련이죠. 그리고 그때 바라던 것은 여전히 불가합니다."

U.I.S가 바라던 건 1메가톤급의 폭탄이었다. 히로시마에 떨어졌던 15킬로톤급 원자폭탄의 거의 70배 정도 되는 폭탄을 원하니 구하기도 힘들 뿐더러 주고 싶은 생각도 없었다.

"그때 그 얘긴 그냥 찔러본 얘기였소. 만일 그 정도의 폭탄을 쓴다면 독립은커녕 우호적으로 돕고 있는 이들도 등을 돌릴게 빤하지 않겠소?"

아주 머리가 없는 건 아닌 것 같았다. 하지만 실제로 줬다면 어떻게 됐을지 모르는 일이었다.

"그래, 뭘 지원할 생각이오?"

"재미있는 무기와 함께 그 무기를 제어할 수 있는 인프라를 구축해 드리죠.”

“재미있는 무기?”

“가져왔는데 한번 보시겠습니까?”

“가져왔다고요? 경호원들이 제대로 검사를 하지 않은 모양이군요.”

“몸에 지니고 왔다는 소리는 하지 않았습니다.”

“방금은 가져왔다고 하지 않았소?”

준영은 대답 대신 창 쪽을 손으로 가리켰다.

튠은 준영이 가리키는 곳을 유심히 봤지만 딱히 새 몇 마리가 날아다니는 걸 제외하곤 아무것도 볼 수가 없었다.

“설마 저 새들이 무기라고 말하려는 거요!”

장난을 친다는 생각에 튠의 목소리에 살짝 짜증이 묻어났다.

“안목이 좋으시군요. 맞습니다. 저 새들이 무기죠. 한 마리가 이 방쯤은 거뜬히 날려 버릴 수 있죠.”

“……!”

준영이 말하는 사이 다섯 마리의 새가 약속이라도 한 듯 창 앞으로 다가와 유유히 날갯짓을 하고 있었다.

그 모습이 신기했을까 튠의 애인 역할을 하던 여자가 창으로 다가가 새들을 유심히 살펴보더니 중얼거렸다.

“가까이에서 보니 확실히 로봇 새군요.”

“생긴 게 조금 허접하긴 하지만 성능은 확실합니다.”

여자가 아닌 튠이 들으라고 말했지만 말을 받은 건 이번에도 여자 쪽이었다.

"레이더망에 걸리지 않나요?"

"…레이더망엔 원래 새들이 감지됩니다만."

"아, 미안해요. 무기에 대한 지식이 짧은 편이라서요."

나서기 좋아하는 여자였다.

튠에게 살짝 눈치를 줬는 데도 그는 그녀를 말릴 생각이 없어 보였다.

"하지만 저 새들을 어떻게 써야 할지는 누구보다도 잘 알고 있어요. 어떤 면에선 우리가 요구했던 폭탄보다 더 효과적 무기가 될 수 있겠어요. 한데 저런 훌륭한 물건을 그냥 줄 리는 없을 테고… 우리에게 바라는 게 뭐죠, 미스터 존?"

준영의 머릿속에 번쩍하고 떠오르는 게 있었다.

천(天)도 마찬가지였는지 아자크 호반—40년 전에 폭탄 테러를 했었던—의 사진과 그녀의 얼굴을 분석했고 곧 '비슷하다'는 결과가 나왔다.

"아버지의 이름이라기엔 나이가 안 맞으니 할아버지의 이름을 쓴 건가요, 미스 아자크?"

"대단한 추리력이군요. 한데 그거 알아요? 제 정체를 알게 되었으니 둘 중에 하나를 선택해야 한다는 거."

"왠지 제삼의 선택을 하고 싶군요. 그래도 일단 들어나 봅시다."

"우리와 손을 잡거나, 아님 죽거나."

그녀의 말에는 은은한 살기가 묻어 있었지만 준영은 두려워할 이유가 없었다. 혼자만으로도 이들을 모조리 제압할 힘이 있었기 때문이었다.

"튠처럼 성형수술을 하는 것도 괜찮을 것 같은데요?"

"안 돼요!"

그녀는 일언지하에 거부했다.

"난 이 얼굴이 마음에 들어요. 그리고 손댈 곳이 있어 보여요? 완벽하지 않아요?"

얼굴까지 불쑥 내밀며 말하는 그녀는 사람을 당황하게 하는 재주가 있었다.

"에르셀린이에요."

U.I.S의 수장이자 나사가 하나쯤 빠진 것 같은 여자의 이름이었다.

"미스 에르셀린, 농담은……."

"그냥 에르셀린라고 부르세요. 누가 봐도 미스인 걸 알 수 있는 얼굴이잖아요."

"…그러죠, 에르셀린."

간만에 만나는 말귀 통하지 않는 인간이었다.

한 단체의 수장이라고 해서 반드시 나이가 많은 사람이나 카리스마가 넘치는 사람이 맡아야 하는 건 아니지만 에르셀린 같은 경우는 조금 심한 편이라고 생각했다.

"지금 제가 어떻게 U.I.S의 수장이 되었을까 의아해하고 있죠?"

"솔직히 약간 의외이긴 하군요."

"지금까지 제가 잡히지 않은 이유이기도 하죠. 자, 그건 그렇고 이제 결정은 하셨나요?"

"그쪽에서 일방적으로 정한 결정에 따를 생각은 없습니다만."

더 이상 에르셀린의 장난과 같은 말을 받아줄 생각은 없었다.

"말했을 텐데요. 다른 선택의 여지는 없어요."

준영의 분위기가 바뀌자 에르셀린의 표정에도 장난기가 사라졌다. 그리고 문 옆에 서 있던 경호원들의 손이 뒤춤으로 향했다.

'어쩔 수 없나?'

약간 씁쓸한 감정이 들긴 했지만 망설임은 없었다.

머릿속엔 어떻게 처리해야 할지 이미 그려져 있었다. 튠의 머리를 날려 버릴 생각으로 주먹을 쥐는 순간 에르셀린이 헤벌쭉 웃으며 장난스럽게 말했다.

"헤헤! 그냥 농담 한번 해본 거예요. 짧은 기간이었지만 저희 단체에 지원을 해주시고 더 많은 지원을 해준다는 분께 해를 끼칠 수가 있나요?"

"역시 농담이었군요. 많이 긴장했습니다. 하하하!"

준영이 살짝 뜬 엉덩이를 다시 의자에 붙이고 꽉 쥔 주먹을 풀며 너스레를 떨었다.

"솔직히 말하죠. 매력적인 무기예요. 어떤 대가를 지불해서라도 가지고 싶을 만큼이요. 저희에게 원하는 게 무엇이죠?"

갑자기 정색한다고 수장으로서의 위엄이 생기는 건 아니었지만 이제야 약간은 대화할 분위기가 되었다고 생각한 준영이 입을 열었다.

"지원을 한다고 해놓고 너무 무리한 요구를 하는 건 예의가 아니겠죠. 제가 원하는 건 U.I.S가 타격할 대상을 선정할 때 참여하고 싶다는 겁니다."

"저흰 살인 청부업을 하는 단체가 아니에요. 그리고 그런 일이라면 당신의 단체에서 하면 될 일 아닌가요?"

"저희는 저희 나름대로 일을 할 겁니다. 하지만 한 곳보다는 동시다발적으로 일어나는 것이 중국 정부를 더 혼란스럽게 만들지 않을까요?"

예상했던 질문이었기에 준영의 대답은 즉시 이어졌다.

"다른 단체들에게도 지원할 생각이군요?"

"물론입니다. 세 곳 정도에 지원할 생각입니다. 그리고 제가 추천하는 대상이 마음에 들지 않는다면 거부하셔도 좋습니다."

"무조건 거부를 할 수도 있어요."

"그럼 지원이 끊길 수도 있겠죠."

에르셀린은 준영의 제안이 별로 마음에 들지 않아 거절하고 싶었다. 하지만 창밖에서 날고 있는 새들을 보니 욕심이 났다.

전술을 다양하게 할 수 있다는 장점도 있지만 무엇보다도 자살 폭탄 테러로 목숨을 버리는 동지들을 위해서 꼭 필요한 것이었다.

"잠깐 생각할 시간을 주겠어요?"

"밖에서 야경을 구경하고 있죠."

준영이 자리에서 일어나 밖으로 나가자 튠이 나지막한 목소리로 그녀에게 물었다.

"저자는 살려두기로 한 거야?"

누군가가 호의를 가지고 돕는다고 해도 이들의 입장에서는 일단 의심부터 할 수밖에 없었다.

독립운동 단체로서 같은 처지에 있는 자신들을 돕겠다고 허가량이 찾아왔을 때부터 의심을 했고 조사를 했었다.

갑작스럽게 독립운동 단체가 생겼다는 것도 이상했지만 생긴 지 얼마 되지 않은 단체임에도 다른 단체들을 지원할 만큼 돈이 많다는 점과 그들이 행했다고 말하는 테러의 대부분이 인명 피해가 거의 없다는 점이 가장 수상했었다.

그래서 에르셀린과 튠 등 U.I.S의 수뇌부는 허가량의 단체가 중국 정부의 끄나풀이라고 생각하고 조만간 제거할 생각을 하고 있었다.

그때 때마침 허가량이 수장을 만나고 싶다는 의사를 전해왔고, 마지막으로 확인하고 제거할 겸해서 에르셀린이 직접 나온 것이었다.

"저 사람, 중국 정부의 끄나풀은 확실히 아냐, 오빠."

두 사람은 공식적인 자리에서는 수장과 수하로 행동했지만 평소에는 오빠 동생 하며 지내고 있었다.

"글쎄, 내가 보기엔 영락없이 끄나풀 같은데? 아까 로봇 새를 봐. 딱 봐도 중국제처럼 보이잖아. 한데 넌 어떤 면에서 그가 끄나풀이 아니라는 거야?"

"아까 우리가 그자를 죽이려고 할 때 말이야. 온몸에 소름이 돋을 정도로 공포를 느꼈어."

에르셀린이 U.I.S의 수장이 된 것은 전대 수장인 그녀의 아버지 배경이 아닌 순수하게 뛰어난 머리 때문이었는데, 현재 U.I.S가 가장 활발하게 활동할 수 있는 이유도 다 그녀의 머리에서 나온 계획 덕분이었다.

그리고 뛰어난 머리 말고도 그녀를 더 특별하게 만들어준 또 하나의 능력이 있었는데 바로 위기 감지 능력이었다.

어릴 때부터 그녀가 위험하다고 하면 반드시 무슨 일이 일어났는데, 현재까지 얼마나 많은 동지들의 목숨을 구했는지 몰랐다.

수장인 에르셀린이 위험하다는 현장을 다니는 이유도 다 위기 감지 능력으로 동지들을 구하기 위해서였다.

그런 그녀가 소름이 돋을 정도의 공포를 느꼈다는 건 주변인의 죽음뿐만 아니라 자신도 죽을 위기에 처했다는 걸 의미했다.

"정말? 그 평범한 녀석이 천하의 나, 튠을 맨손으로 이길 능력자라는 말이야?"

에르셀린을 믿긴 했지만 위구르족의 위대한 전사인 자신이 진다는 말과 같은 의미였기에 살짝 자존심이 상하는 한편 호승심이 일어났다.

"참아줘, 오빠."

에르셀린은 튠의 호승심을 알기에 일단 말렸다. 그리고 말을 이었다.

"어쨌든 내가 농담이라고 말하며 살기를 버리자마자 공포는 사라졌어. 그 말은 존이 우리가 자신을 죽이려 한다는 걸 알고 대응하려 했다는 얘기야."

다른 사람이 말했다면 믿지 않았겠지만 에르셀린의 말이었기에 튠은 수긍할 수밖에 없었다.

"만일 그만한 실력자인 존이 끄나풀이라면 이미 우리는 죽은 목숨이라는 말이군. 이해했어. 한데 굳이 그런 위험한 자와 손을 잡을 생각이야?"

에르셀린이 튠에 대해 아는 만큼 튠도 에르셀린에 대해 알고 있었다.

그녀가 비록 생각할 시간을 달라고 말했지만 로봇 새를 보는 눈빛에서 지원을 받을 생각을 하고 있음을 직감하고 있었다.

"그만한 가치가 있으니까. 이미 오래전에 사라져 버린 나라의 독립을 위해 기꺼이 몸을 내던지는 바보 같은 짓은 이제 그만했으면 좋겠어."

에르셀린은 이미 수백 년 전에 사라져 버린 나라를 되찾겠다는 마음은 딱히 없었다. 그저 할아버지가, 아버지가, 목숨을 버리면서까지 바라던 것이라 마지못해 하는 일이었다.

사실 객관적으로 놓고 봤을 때 독립운동으로 위구르를 되찾는 것은 불가능했다.

석유와 천연가스 등 중국을 먹여 살리는 지하자원의 30퍼센트가 묻혀 있는 곳을 중국이 테러 따위에 놔줄 리가 만무했다.

각설하고 그녀는 자신의 삶을 희생하는 건 아무렇지도 않았다. 하지만 어제까지 같이 밥 먹으면서 얘기하던 오빠가, 이웃집 아저씨가 폭탄을 가득 실은 차를 타고 가며 작별 인사를 하는 모습은 더 이상 보기 싫었다.

"…그래, 일단 손잡자. 정 위험하다 싶으면 그때 손을 떼면 되겠지."

자신의 물음에 표정이 어두워지는 에르셀린을 본 튠은 그녀가 무슨 생각을 하는지 눈치챘다.

'멍청이! 넌 너무 생각이 없어!'

깊게 생각하지 못한 자신을 책망한 튠은 에르셀린의 어깨를 쓰다듬으며 그녀의 결정에 찬성을 했다.

* * *

중국 북경.

어느 곳이든 사람 사는 곳은 비슷하게 마련.

함박눈이 펑펑 내려 걷기조차 힘든 상황임에도 수많은 사람들이 각자의 일터로 향하고 있었다.

이런 날은 자연스레 대중교통을 이용하려는 사람들이 많았기에 지하철엔 정말 발 디딜 틈 없이 북적였다.

"제발 이런 날은 검사를 생략했으면 좋겠어. 이번에도 지각하면 팀장이 죽이려들 거야."

말쑥하게 양복을 입은 사내의 말에 주변 사람들도 그렇게 생각하는지 가볍게 고개를 끄덕였다.

중국의 지하철의 타려면 검색대를 통과해야 했는데, 최근에 부쩍 그 정도가 심해지고 있었다.

"요즘 테러 때문에 더했으면 더했지 덜하진 않을 거야. 그러게 평소 지각에 신경 좀 쓰지 그랬어."

"하아! 어디 그게 내 마음대로 돼야 말이지. 그나저나 줄이 줄어들 생각을 안 하네."

사내는 투덜거림도 잠시 스마트폰을 꺼내들고 자신의 차례가 되길 기다렸다.

투덜거리는 사내 뒤엔 한족과 달리 이국적으로 생긴 남자가 스마트폰을 보는 척하며 주위의 눈치를 살피고 있었는데, 어딘가 모르게 약간 불안해 보였다.

검색대를 지키는 공안도 이국적인 사내의 행동에 눈길이 갔다.

하지만 들고 있는 것이라고는 고작해야 스마트폰밖에 없었고 검색대도 무사히 통과했기에 곧 신경을 끄고 다른 사람들을 살폈다.

지하철을 탄 이국적인 사내는 여전히 불안한 듯 시선 처리를 했지만 아침 지하철 안에서 그를 눈여겨보는 사람은 아무도 없었다.

'아무도 널 의심하는 사람은 없어, 알마즈. 떨 것 없다고.'

알마즈는 스스로에게 최면을 걸듯이 말했다.

그는 U.I.S 소속의 행동대원으로, 올 6월에 모든 교육을 마치고 이번에 첫 실전을 맡게 되었는데 출발하면서 신경안정제를 맞았음에도 떨리는 마음을 쉽게 진정시킬 수가 없었다.

"무슨 게임이에요?"

알마즈의 이국적인 외모에 관심이 있었을까 옆에 서 있던 아가씨가 조용한 목소리로 물었다.

"아, 그러니까 그게……."

긴장하고 있던 알마즈는 제대로 말도 하지 못했지만 여자는 오히려 방긋 웃으며 말했다.

"새로 나온 비행 게임인가 보네요? 저도 파이팅이라는 게임을 간혹 하고 있어요. 중국에서는 서비스가 중단돼서 한국 서버로 접속해야 한다는 단점은 있지만 재미있긴 해요."

"……."

뭔가를 설명하기 위해 나온 캐릭터처럼 말하는 여자를 보며 알마즈는 눈만 끔벅거렸다.

"아! 미안해요. 너무 일방적인 말이었죠. 전 이런 곳에서 일하고 있어요."

여자가 건넨 금색 명함에는 '금룡엔터테인먼트'라고 적혀 있었다.

"유명 배우와 가수, 모델들이 있는 곳이죠. 카메라 테스트를 해보고 싶은데 관심이 있다면 한번 찾아와요. 입구에서 명함만 보여주면 저에게 안내해 줄 거예요."

그 뒤로도 한참을 떠들던 그녀는 꼭 오라고 신신당부를 하고 지하철에서 내렸다.

닫히는 문 사이로 손을 흔드는 그녀와 그녀가 준 명함을 번갈아보던 알마즈는 피식 웃음을 터뜨렸다.

그녀 덕분인지 신경안정제 때문인지 모르지만 긴장감이 사라졌기 때문이었다.

목적한 역에 도착한 알마즈는 밖으로 나와 하늘을 바라보았다. 지하철을 타기 전까지 펑펑 쏟아지던 눈이 어느새 그쳐 있었다.

질퍽거리는 거리를 걸어 그가 향한 곳은 공원이었다.

눈 오는 날 공원에 누가 있을까 싶었지만 의외로 드문드문 보였다.

알마즈는 적당한 곳에 있는 벤치로 가 쌓인 눈을 걷어내고 자리에 앉았다. 공원으로 오는 동안 산 커피를 마시며 스마트폰을 꺼냈다.

무척 간단한 일이었음에도 첫 임무라 몇날 며칠을 연습한 그였기에 눈을 감고도 조작할 수준이었다.

'연결' 이라 적힌 단추를 누르자 위의 네모난 창에 새의 시선으로 보이는 화면이 보였다.

화면 오른쪽 하단에는 1부터 5까지 숫자가 있었는데 그곳을 터치하자 화면이 약간씩 바뀌기는 했지만 큰 변화는 없었다.

'다섯 대 모두 정상. 지금부터 목적지로.'

알마즈는 마음속으로 배운 순서를 되뇌며 로봇 새를 조작했다.

스마트폰으로 새를 조절할 수 있는 거리는 10㎞ 안팎으로, 오늘의 타깃은 공원에서 3㎞쯤 떨어진 곳에 있는 부유층들이 모여 사는 곳에 있었다.

눈이 내린 직후라 새의 시선으로 보는 세상은 꽤 멋있었지만 알마즈의 눈은 풍경보다는 오로지 목표물을 향해 있었다.

'눈이 와서 안 나와 있으면 어쩌나 싶었는데…….'

목표물은 눈이 치워진 마당에서 태극권을 펼치며 운동을 하고 있었다.

'굳이 다섯 대까지 필요 없겠어.'

알마즈는 로봇 새 중 두 대를 조작해 그대로 목표물을 향해 날려 보냈다.

목표물 주변에 경호원들이 있었지만 하늘에 떠 있는 새를 의식하는 사람은 아무도 없었다.

다만 새가 목표물에 부딪히기 전 목표물이 새를 발견하고 깜짝 놀라는 표정을 짓기는 했지만 극히 짧은 순간이었을 뿐이었다.

꽈앙! 꽈앙!

음소거를 해둬서 소리는 들을 수 없었지만 알마즈의 귀에 폭발음이 들리는 듯했다.

나머지 세 대의 로봇 새로 목표물이 어떻게 되었는지 확인한 알마즈는 복귀 단추를 터치한 후 스마트폰을 호주머니에 집어넣었다.

"하아, 이게 끝인가……?"

며칠 동안 긴장한 것이 우스웠다.

또한 13살 때부터 9년간 배운 각종 기술들이 머릿속에 떠올랐다. 배울 땐 정말 필요한 기술이라고 생각했는데 지금은 시간 낭비처럼 생각되었다.

왠지 씁쓸한 기분에 휩싸이던 알마즈는 자리에서 일어났다. 거점으로 돌아가 성공했다는 보고를 해야 했기 때문이었다.

2장

함께 걷는 길

중국의 차기 서기장 후보로 꼽히던 여담각과 상하이 시 당 서기장, 중앙 정치국 위원직을 맡으며 권력의 중심으로 떠오르던 장만해가 폭탄 테러의 희생양이 되었다는 뉴스가 세계를 시끄럽게 만들었다.

그러나 대한민국의 뉴스는 그보다 다른 뉴스로 시끄러웠다.

경찰의 권한 강화.

간혹 술을 먹고 경찰서에서 난동을 피우던 사람과 경찰을 우습게 알던 상습 범죄자들에게는 청천벽력과 같은 소식임에 틀림없다.

공무 집행 방해에 대한 처벌이 대폭 강화되고 경찰에게 상해를 입힐 경우는 특수 범죄로 분류되어 가중처벌을 받게 된다는 내용을 골자로 한 법안이 국회에 상정되었기 때문이었다.

그러나 살기 힘든 서민들에게는 전자는 그저 남의 나라 일이었고 후자는 자신과 별로 상관없는 내용이었다.

오히려 그들에겐 그런 소식들에 묻혀 매년 겨울만 되면 슬그머니 올라가는 전기료와 가스료에 더 촉각을 곤두세울 수밖에 없었다.

아니나 다를까 11월이 되면서 몇몇 신문에 전기료와 가스료를 올려야 한다는 식의 기사들이 올라왔고, 12월이 되면서 이하민의 책상 위에도 전기료와 가스료를 올려야 한다는 서류가 올라왔다.

준영은 당장 두 공사의 사장을 불러들였다.

"각각 2.3퍼센트와 3퍼센트를 올려야 하는 이유에 대해서 설명들 해보게."

"전 정권에서 물가 억제를 한다고 적자 폭이 커졌습니다. 올해 올리지 않으면 내년에 더욱 커질 것이 분명합니다, 대통령님."

두 공사 사장은 입이라도 맞춘 듯 똑같은 말을 했다.

물론 틀린 말은 아니었다.

"그럼 자네들이 공사 사장직에 오른 지난 3월부터 지금까지 적자를 줄이기 위해 노력한 것들에 대해서도 말해보게."

"대통령님, 그건……."

두 사람은 똑같이 입을 닫았다.

전력 공사 사장은 이하민의 낙하산이었고, 도시가스 공사 사장은 총리인 양상희의 낙하산이었는데 그동안 밑에서 고생했다는 의미로 집권할 동안만이라도 돈이나 챙겨 먹으라고 보낸 그들이 세세한 것을 알 리가 없었다.

"가격을 올려야 한다고 보고를 했던 사람들이 있겠지?"

"…예, 대통령님."

"그들에게 당장 내가 말한 것에 대해 보고를 올리라고 하게."

"당장 말입니까?"

"지금부터 네 시간 주지. 그들이 직접 와서 설명하는 것도 괜찮네. 그리고 두 공사의 지난 5년간 경영 보고서와 회계 자료도 당장 보내라고 하게."

"회계 자료까지 말입니까?"

"그래, 지난 5년간 얼마나 적자 해소를 위해 노력해 왔는지 한번 보고 싶군. 네 시간 뒤에 보세."

대통령 집무실을 벗어난 두 사람은 당장 담당자들에게 연락을 했고 두 공사의 실무진들은 전쟁이라도 난 것처럼 서둘러야 했다.

"헐, 이것들이 장난하나!"

5년간의 두 공사의 회계 자료는 아무리 준영이라고 해도 몇 달은 족히 파고들어야 할 만큼 방대했다. 하지만 준영에게는 치트키인 천(天)이 있었다.

천(天)은 한 시간 만에 자료를 분석했는데, 지적해야 할 부분까지 보기 좋게 정리를 해뒀다.

천(天)이 정리한 것을 보던 준영은 기가 막혀 말이 안 나올 지경이었다.

1년에 수조 원씩 버는 대기업에게는 원가 이하로 공급해 손해를 보고 그 손해를 국민들에게 누진세로 뒤집어씌워 메우는 것은 물론 적자를 보는 와중에도 꾸준히 성과급을 지원했다.

그뿐만이 아니라 비리도 너무 많았다.

법인 카드로 개인적인 용품을 사는 이들도 있었고, 비자금을 만들기 위해서인지 몇 배나 높은 가격에 물건을 산 경우도 있다.

이러니 적자가 나지 않는 게 이상한 일이었다.

"당연히 처리하겠지만 시기를 조금 늦추는 건 어때? 군대 일도 그렇고, 경찰 일도 그렇고. 처음 세운 계획에 비해 사족도 많아지고 너무 빨라."

"내 생각도 그래."

군대의 비리 척결 부분에서 큰 건은 어느 정도 해결되었지만 아직도 진행 중이었고 내년 2, 3월쯤에 마무리가 될 예정이었다.

그나마 군대라는 특수성을 고려해 웬만한 건 묵인을 해줘서 빨리 끝나는 거지, 세세한 것까지 꼬투리를 잡았다면 내년 말까지 해도 끝나지 않을 일이었다.

그런데 다시 대형 비리 사건이 터진다?

국민들은 국민들대로 지칠 것이고 반대 세력은 옳다구나 하고 현 정권과 관계없는 일임에도 현 정권의 도덕적 해이에 대해 말을 할 것이다.

준영은 눈을 감고 검지로 자신의 관자놀이를 톡톡 치며 생각을 정리했다.

"아니, 이번까지만 하자. 어쩌면 이하민의 개혁이 불붙는 계기가 될 수도 있을 것 같아."

"네가 한다는데 누가 말리겠니?"

천(天)은 못 말리겠다는 듯 고개를 가볍게 흔들었다.

준영은 짧은 시간동안 정리한 계획을 천(天)에게 설명하고 바로 실행으로 옮기기 위해 준비를 했다.

그리고 보고를 받기에 앞서 두 공사의 사장을 다시 만났다.

준영은 두 사람에게 각 공사의 비리를 정리한 서류를 건넸다.

"이, 이건……!"

"이, 이럴 수가……!"

크게 챙긴 것도 없는데 1년도 안 돼 자리에서 물러나야 한다는 생각에 두 사람의 얼굴은 사색이 되었다.

준영은 그들에게 구원의 밧줄을 던져 주었다.

"대부분 과거에 자네들이 없을 때 저지른 일인데 자네들이 책임진다는 건 우습지 않나?"

"마, 맞습니다! 저희는 억울합니다."

"게다가 자네는 내가 추천한 인물이고, 자네는 총리께서 추천한 인물이 아닌가? 자네들이 여론의 질타를 받게 된다면 결국 나나 총리께서 욕을 먹는 것과 마찬가지지. 그렇다고 방법이 없는 것은 아닌데……."

"송구합니다. 저희가 어떻게 해야 할지 고견을 말씀해 주십시오."

"고견이라고 할 것도 없이 자네들이 이번 일을 주도하면 간단하다네. 자네들이 지난 1년간 이 모든 사실을 조사해 밝혀낸 거지."

"…죄송합니다, 대통령님. 사실… 저희도 비리로부터 자유롭다고 할 수 없습니다."

"쯧쯧! 비리를 밝혀내기 위해 스스로 더럽혀지는 것도 마다하지 않은 자네들을 누가 욕하겠나?"

두 사람 모두 준영의 말을 못 알아들을 만큼 어리석지는 않았다.

공사의 비리를 아예 없는 것으로 하는 것이 최선의 방법이었지만 이하민이 그렇게 할 가능성은 없어 보였다.

그렇다면 차선을 선택해야 하는데 이하민이 제시한 방법보다 더 좋은 생각은 나지 않았다.

결국 두 사람은 이하민의 제안을 받아들였다.

"아주 철저하게 해야 하네. 그래야 자네들이 살아남을 수 있네."

이하민, 아니, 준영이 빙긋 웃으며 말했다.

일이 끝날 때까지는 살아남을 것이다.

그다음엔 둘에 대한 책임론이 어떻게든 거론될 터—거론되지 않으면 그렇게 만들 생각이었다— 그때 둘을 경질시키고 경영에 능한 사람을 자리에 앉히면 될 일이었다.

이어진 보고 자리는 보고가 아닌 문책의 시간이 되었고 영상으로 촬영되어 청와대 홈페이지에 게시되었다.

*　　　*　　　*

SSC 방송국 주변은 불과 한 달 전과 완전히 달라져 있었다.

조립 공법을 이용한 건축으로 이틀이 멀다 하고 건물들이 들어섰고, 본격적인 스튜디오 임대를 시작하면서 상권도 서서히 형성되기 시작했다.

준영은 능령과 성심테크의 직원들, 방송국의 직원들과 함께 건설 현장을 걷고 있었다.

"현 상황은 어떻습니까?"

"완공된 여섯 개의 스튜디오는 내년 6월까지 예약이 된 상태이고 이미 각 방송국의 드라마 제작 팀이 촬영을 시작했습니다."

오른쪽에서 같이 보조를 맞춰 걷던 방송국 사장으로 분한 능령이 대답을 했다.

함께 지내다 보니 이미 들었던 얘기였지만 지금은 형식적으로라도 시찰 중이었으니 그에 맞게 연기를 하고 있는 중이었다.

"빠르군요."

"비바 2010의 인기를 이어가려는 생각에 서두르는 것 같습니다."

"이제 시작 단계라 부족한 것이 많겠지만 그들이 불편하지 않도록 최대한 신경 써주시기 바랍니다. 상권 형성은 어떻게 돼가고 있습니까?"

"현재는 슈퍼마켓과 몇몇 음식점들만 들어와 영업을 하고 있는 상태입니다만 임대 계약은 이미 끝난 상태라 한 달 뒤에는 대부분 개업을 할 것으로 보고 있습니다."

"어련히 알아서 했겠지만 제가 지시한 대로 동일한 업종은 들어오지 않았죠?"

현재로써는 대부분 음식 관련 가게들만 들어오는 추세여서 가게 간 경쟁이 불가피했다. 하지만 치킨집이 있는데 또다시 치킨집을 하려는 사람에게 임대하는 건 절대로 금해둔 상태였다.

물론 찜닭을 하거나 닭강정을 하는 곳은 가능했지만 말이다.

"물론입니다. 그리고 회장님께서 말씀한 바를 계약서에 명시를 했기에 그들도 꽤 만족해하는 눈치였습니다."

준영이 상권을 형성하려는 이유는 스튜디오를 찾아오는 사람들의 편의를 위한 것이었기에 굳이 그곳에서까지 아득바득 이익을 취할 생각은 없었다.

그래서 다소 파격적인 임대 계약을 지시했는데, 나가고 싶다면 한 달 이내로만 상가 관리 사무소에 보고하면 되었고 본인이 원한다면 임대료도 버는 만큼 지불할 수 있는 장치도 마련해 뒀다.

"스튜디오 추가 설립은 어떻게 되어가고 있습니까?"

"일단 예약해 둔 콘크리트 조립품이 도착하면 추가로 네 개

동이 2주 내로 완성될 겁니다. 하지만 그래도 지금 들어오는 예약 속도를 따라가지 못할 것 같습니다."

예상보다 더 폭발적인 반응이었다.

현재까지 들어온 예약의 대부분은 드라마 제작이거나 드라마 리뉴얼에 관련된 것이었다.

그러나 극장들이 빙의 모드를 지원하도록 고쳐진다면 영화 제작자들도 스튜디오를 쓰려고 할 것이고 그때가 되면 예약이 1, 2년쯤은 기본으로 밀릴 것이 분명했다.

"제가 예상하기엔 추가로 열 개 동을 더 짓는다고 해도 현재 밀려드는 양을 감당할 수 있을지 걱정입니다."

능령도 같은 생각을 하고 있었다.

"그럼 더 짓도록 하죠."

"짓고는 싶은데 땅이 부족합니다. 스튜디오를 더 지으려면 상권을 포기해야 합니다. 그래서 추가로 땅을 확보하려 했더니 이미 스튜디오 근처의 땅은 누군가에게 모두 팔린 상태고 가격 또한 천정부지로 오른 상태라 엄두가 나지 않습니다. 모든 걸 계획한 회장님께서 설마 이렇게 될 줄 모르고 있었다는 것이 이해가 되지 않는군요."

회사 일을 마치고 돌아온 능령은 회사 관련 얘기를 자주 하지만 아쉬운 소리는 하지 않았다.

한데 나름 고민하던 것을 준영이 너무 태연하게 더 지으라고 말하자 울컥했는지 은근히 한 소리를 했다.

'쩝! 그러고 보니 능령에게 이곳의 미래에 대한 청사진을 말

해주지 않았군.'

최근 정신이 없었다지만 회사를 맡긴 사람에게 아무것도 말해주지 않았다는 건 명백히 자신의 실책이었다.

"잠시 후 자세히 설명해 드리죠. 그리고 어느 정도는 예상했기에 땅은 충분히 확보해 둔 상태입니다."

"확장하기에 가장 좋은 스튜디오 북쪽 땅이 성심테크의 소유인가요?"

"아뇨, 그곳은 퓨텍의 소유입니다. 차명으로 가지고 있다가 퓨텍에게 팔았죠."

"그 부분에 대해 설명을 당! 장! 들었으면 하는군요, 회. 장. 님."

"하하… 그, 그럴까요?"

이슬만 먹고 살 것 같던 여자가 아줌마가 되고, 한없이 착할 것만 같던 여자가 카랑카랑한 목소리로 잔소리를 하게 되는 것이 결혼 생활이었다.

아직까지 결혼을 하진 않았지만 함께 동거를 하다 보니 능령 또한 조금씩 진면목을 보여주고 있었다.

그럼에도—나중에 어떻게 될지 모르지만— 아직까지는 그런 모습조차 예쁘게 느껴지고 있었다.

능령의 사무실로 온 준영은 비서에서 이젠 전무가 된 오미란까지 불러 자신이 계획한 것에 대해 홀로그램을 띄워놓고 말해주었다.

너무 거대한 계획 때문이었을까 두 사람은 입을 살짝 벌린 채 홀로그램에서 보여주는 미래의 청사진을 바라보고 있었다.

그러다 정신을 차린 능령이 왜 이제야 얘기했느냐는 식으로 물어왔다.

"…음흉한 데가 있으시군요, 회장님은."

"청사진에 어두운 곳이라도 있습니까? 음흉이라니요. 그저 계획을 짜다 보니……."

"홀로그램을 보니 계획한 지 좀 된 것 같습니다만… 뭐 그건 나중에 얘기하기로 하고 청사진을 그렇게 그려놓고 땅을 판 이유는 뭐죠?"

나중에 얘기하자는 말이 마음에 걸렸지만 일단은 오미란을 함께 데려온 것은 현명한 선택이었다.

"욕심이 지나치면 죽도 밥도 안 됩니다. 때론 함께해 나갈 때 시너지 효과가 극대화되는 겁니다."

"…저에게는 왠지 그 말이 땅을 비싸게 팔겠다는 뜻처럼 들리는군요."

삐진 것 같으면서도 날카로웠다. 준영은 속내를 들킨 사람처럼 가볍게 헛기침을 하며 대답했다.

"험험! 과하게 팔아먹지는 않을 겁니다. 어디까지나 같이 가자는 의미니까요."

많이 가진 자에게는 많이, 적게 가진 자에겐 적게, 없는 자에겐 가질 수 있는 기회를 줄 생각이었다.

"회장님과 할 말이 있으니 오 전무님은 나가서 일 보세요."

나중은 의외로 금방 찾아왔다.

오미란이 나가자 능령은 아무 말 없이 한참을 노려보고 있었다.

"미안. 사장 자리를 맡길 때 얘기했어야 했는데… 절대 널 믿지 못해 말하지 않은 건 아냐. 그저 옆에 있으니 당연히 말했다고 생각하고 있었어. 정말 미안해."

말이 길어지자 구차하게 변명이 나왔다. 그래서 말을 끊고 진심으로 사과했다.

진심이 통했을까 가자미눈을 하고 있던 능령의 눈이 원래대로 돌아왔다. 그리고 아무 말 없이 자신의 책상으로 가 서류를 하나 꺼내더니 준영에게 건넸다.

"뭐야?"

서류를 넘겨 보던 준영은 놀랄 수밖에 없었다.

방송국과 스튜디오의 미래를 그려놓은 사업 계획서였는데, 진행 과정은 달랐지만 결론은 방금 전에 자신이 설명한 청사진과 너무나도 비슷했다.

"만들어놓고 괜히 주제 넘게 나서는 것 같아 보여주지 않았던 거야. 진즉에 말해줬으면 좋았잖아. 그 때문에 야근을 얼마나 했는데……."

능령이 사업 계획서를 작성하면서 느꼈을 마음이 전해지는 듯했다.

자신을 위해 만들어놓고 보여주지도 못한 사업 계획서와 능령을 번갈아 보던 준영은 그녀가 싫어한다는 걸 알면서도 꼬옥 껴안았다.

분위기 때문이었을까 능령은 아무 말도 없었다.

준영은 그녀의 귀에 속삭였다.

"함께라는 걸 잊고 있었어. 이제 우리 같이 가자."

"…응."

준영은 그렇게 진정한 동반자를 얻었다.

* * *

—야, 뭐 해?

전화를 건 백연화가 다짜고짜 물었다.

"예상한 바처럼 열심히 일하는 중. 동지회도 한번 가봐야 하는데 요즘 시간이 안 난다."

며칠 전이라면 '일' 이라고 단답형으로 말했을 것이다. 하지만 요 며칠 인간관계에 대해 고민을 해서인지 준영의 대답에는 꽤 정감이 있었다.

준영은 모르고 있었지만 성심기계 대천 공장 사건 이후 냉정하고 잔인한 성격으로 탈바꿈하자 무의식이 균형을 맞추고 있는 중이었다.

—…너, 뭐 잘못 먹었니? 반응이 영 께름칙하다?

잘해주려고 해도 지랄이다.

"헛소리할 생각이면 끊어!"

—이제야 너답네. 다름이 아니라 시간 언제 나니? 한번 봤으면 하는데.

"술 먹자는 소리면 다음에 여유로울 때 먹자. 정말 눈 코 뜰 새 없이 바쁘거든."

—너 바쁘다는 건 오빠한테 들어서 알아. 내가 너 있는 데로 갈게.

여행도 귀찮다고 가지 않고, 동지회도 가기 싫다는 걸 그녀의 부모가 근처에 집을 구해줘서 다니는 애가 찾아오겠다고?

"술 마실 거면 오고 일 때문이면 용건만 말해."

—눈치챘어? 넌 나에 대해 너무 잘 알아. 혹시 너 결혼할 사람 없으면 나중에 나랑 하자. 바람피워도 아무 말 안 할게.

"네 인생에 날 엮으려 하지 마. 그리고 취향 같은 사람 만나는 게 너한테도 행복할 거야."

—취향이란 언제든지 변하는 거니까. 어쨌든 저녁에 시간 비워놔. 조용하고 괜찮은 식당 잡아두고.

"이 시골에 괜찮은 식당이 어디 있어?"

—오빠 말로는 너네 방송국 근처에 생겼다던데?

"…모셔올 분이 누군데?"

—울 아빠.

'LC그룹의 백진호 회장이 직접 온다라…….'

퓨텍이 가상현실을 이용한 드라마나 영화 제작 기술을 발표한 후에야 다른 기업들이 움직일 거라 예상했었다. 한데 어딜 가나 빠른 사람들이 있는 모양이었다.

물론 입이 가벼운 백씨 남매의 영향일 가능성이 높았지만 말이다.

* * *

"처음 뵙겠습니다, 안준영입니다."

"반가워요. 갑자기 이렇게 찾아와 실례를 한 건 아닌지 모르겠군요."

적어도 환갑이 넘었을 백진호 회장은 40대 후반 정도로밖에 보이지 않았다.

"별말씀을요. 좀 더 괜찮은 곳을 알아봤어야 했는데… 워낙 일만 하다 보니 이 근처에 뭐가 있는지 전혀 모르고 있습니다."

"젊었을 때 열심히 해야죠. 허허허!"

"말씀 편하게 하십시오."

"그럴까? 그러지 말고 앉지."

"그나저나 회장님 옆에 있어서인지 연화가 아주 조용하네요."

새색시마냥 서 있던 그녀는 준영의 말에 눈을 하얗게 흘겼다. 그러다 백진호가 쳐다보자 재빨리 눈을 내리깔았다.

"허허허! 천방지축이지. 얼마나 고집이 센지 모를 거야. 그리고 게으르긴 또 얼마나 게으른지……."

"아빠!"

"얘가 이렇다네. 일단 식사나 하면서 얘기하세."

식사를 하며 일상적인 대화를 하다 보니 백연화가 누구를 닮아 털털한지 알 수 있었다.

"허허허! 그래서 내가 말했지. 그렇게 좋으면 당신들이 가지라고. 그러고 난 다음 바로 인터폴에 신고를 했어. 아마 몇 년은 감옥에 있어야 할 게야. 괘씸하게 나에게 가짜 그림을 팔려고 하다니 말이야."

"백 회장님께서 그림에도 일가견이 있으셨군요?"

"아니네. 사실은 말이야. 놈들이 팔려던 그림의 원본이 나에게 있다네. 그리고 전에 놈들에게 샀던 그림도 가짜더군. 어디 가서 이런 얘기 하지 말게나. 남들은 일가견이 있는 줄 알거든."

"하하하하! 알겠습니다."

게다가 얘기를 어찌나 재미있게 잘하는지 식사를 어떻게 했는지도 모를 정도였다.

한참 재미있게 얘기하던 백진호는 차를 마시면서 분위기를 차분하게 만들려는 듯 약간은 무거운 주제에 대해 물었다.

"자네도 사업하는 사람이니 한 가지 물어봄세. 현재 많은 기업들이 작년의 일 때문에 올해 투자하려던 계획을 연기하고 있고 채용 인원을 줄이고 있지. 그에 반해 우리 그룹은 채용을 늘이고 더 과감하게 투자할 생각을 하고 있다네. 자네가 생각하기에 과연 옳은 결정이라고 생각하는가?"

사업적 감각을 알아보기 위한 테스트? 준영은 잠깐 질문의 의도를 생각해 보다가 입을 열었다.

"회장님의 선택을 놓고 옳다 그르다를 판단할 정도로 사업을 오래하지는 않았습니다만 현 정권하에서 작년에 일어났던 상황들을 비추어 볼 때 옳은 선택을 하셨다고 생각이 듭니다."

"그렇게 생각하는 이유도 들어볼 수 있을까?"

"인턴제 폐지, 저금리 은행 대출, 특허권 소송, 군과 공기업의 비리 척결, 딱히 연관 없어 보이는 사건들이지만 이하민 대통령이 취임 초기에 한 말을 생각해 보면 일맥상통하는 부분이 있습니다."

"경제민주화를 말하는 거군. 하지만 재벌 길들이기로 보는 사람들도 있다네. 그래서 그들은 투자를 미루거나 없애고 채용을 줄이는 거지."

"기업들이 정부를 향해 할 수 있는 소리 없는 항의겠죠. 투자가 위축되면 당연히 경제지표가 나빠질 것이고 그러면 국민들은 불안함에 정부를 탓하게 되겠죠. 결국 지지율이 떨어진 이하민 대통령이 백기를 들 거라는 게 그들의 생각일 겁니다."

"맞네."

"하지만 제가 보기엔 오산입니다."

"어떤 점에서?"

"경제지표보다 더 실질적인 것을 다수의 국민들에게 준다면 어떻게 되겠습니까?"

"실질적인 것……? 아! 환급!"

"저라면 어떤 방법을 써서라도 세금이 많이 걷혔다라고 말하고 환급을 해줄 겁니다."

"정부에는 그럴 돈이 없다네."

"한국은행이 있습니다."

"돈을 마구 찍어낸다면 인플레이션이 발생할 걸세."

"그것도 해결 방안은 간단합니다. 돈을 쌓아두고 있는 이들에게 걷어들이면 됩니다."

"허어, 자네 말대로 된다면 한국을 떠나는 사람들이 많을걸세."

"이하민 대통령은 아마 절대 안 말릴 겁니다. 오히려 떠나주길 바랄지도 모르겠군요. 그들이 떠나기 위해 정리를 하면 그 또한 모두 세금으로 들어올 테니까요. 하지만 세금이 오른다고 해도 재벌들이 아니라면 실제로 떠나는 사람은 그리 많지 않을 겁니다. 대부분의 나라가 부자들에게 우호적이라고 해도 기반을 버리고 그곳에 가서 뭘 하겠습니까?"

준영이 백진호 회장에게 자신의 생각인 양 말해준 것은 올해 진행될 시나리오였다.

간접세를 줄이고 직접세를 늘일 생각이라든지, 대기업에 주던 특혜를 중소기업에 줄 생각 등 몇 가지는 빠졌지만 큰 줄기는 대부분 말해줬다.

물론 백진호가 백연화의 아버지라서 말해준 건 아니었다. LC그룹이 그나마 다른 대기업에 비해 국민들의 신뢰를 받는 기업이기도 했지만 다른 한편으로는 소문을 퍼뜨려 주길 바라는 마음에서였다. 그럴 일이야 없겠지만 모든 기업이 한마음 한뜻으로 반기를 든다면 제아무리 이하민이라고 해도 한발 물러날 수밖에 없었다.

준영이 여러 가지 생각을 하며 한 말을 백진호는 이미 식어 버린 차를 마시며 천천히 곱씹었다.

사업을 하는 기업들과 흔히 돈을 펑펑 쓰고 다니는 부자들에겐 최악의 시나리오였지만 왠지 그대로 일어날 것 같은 느낌을 받았다.

“공격적인 투자를 하기로 한 결정이 옳았다는 점에 대해선 아직 답을 듣지 못했네만.”

“이런, 엉뚱한 말씀만 드렸군요. 이하민 대통령이라고 기업들에게 마냥 채찍질만 하진 않을 겁니다. 즉 자신의 정책을 따르는 사람들에게는 당근을 주지 않을까 생각해 봅니다.”

“이거 갑자기 당나귀가 된 기분이 드는군. 어쨌든 시답지 않은 질문에 답해줘서 고맙네. 자네 말대로라면 더욱 많이 투자를 해야겠군.”

“하하하! 전 그저 제 의견을 말씀드린 것뿐입니다. 투자는 전적으로 백 회장님의 몫이죠.”

물귀신처럼 자신을 끌고 들어가려는 듯한 느낌에 준영은 얼른 피했고 그런 준영을 바라보는 백진호의 눈빛에 살짝 이채가 어렸다.

‘사업적인 감각이야 그렇다고 쳐도 고작 사업을 시작한 지 4년 된 친구가 마치 노회한 기업인보다 더 눈치가 빠르군.’

백연화의 전망이 괜찮은 사업이 있다는 말에 조사를 해본 백진호는 괜찮은 정도가 아니라 영상 산업을 뒤엎을 사업임을 눈치챘다.

약속을 잡았다는 백연화의 말에 약속 시간보다 먼저 도착한 백진호는 빠르게 발전하고 있는 모습에서 준영 또한 자신과 비슷한 생각을 하고 있음을 깨달았고 당초 계획보다 더 많은 돈을 투자할 생각을 하게 되었다.

그래서 투자에 대한 책임을 은근슬쩍 전가해 파트너가 될 수 있는지 여부를 알아보려 했는데 감각적으로 피해 버린 것이다.

이럴 땐 정공법이 최고였다.

"사실 이까지 찾아온 것은 자네의 사업에 투자를 하고 싶어서라네."

"어느 정도 짐작하고 있었습니다. 하지만 투자를 받을 생각은 없습니다."

"꽤 큰 그림을 그리고 있는 것 같은데 자네 혼자 하겠다는 소리인가?"

"오해하셨군요. 투자를 하지 마시고 직접 사업을 하시라는 말씀입니다."

"자네가 짓고 있는 스튜디오를 분양해 주겠다는 말인가?"

"비슷합니다. 토지를 매입하시면 그 토지 위에 일정 수만큼 규격에 맞는 스튜디오를 지으시면 됩니다. 그럼 기술을 제공할 겁니다."

"음, 도무지 왜 이런 식으로 일을 하는지 이해가 안 되는군. 설령 자네 말처럼 사업을 시작한다고 해도 경쟁을 해야 하는데 기술을 이전해 주지 않으면 고사할 수밖에 없지 않은가?"

"협의체를 만들어 동일한 기술을 제공받을 수 있게 될 겁니다. 또한 서로 간의 경쟁은 가격, 서비스, 기타 부대시설 등이지 다른 것은 없을 겁니다."

"땅을 판다면 한계가 있을 터인데… 판다는 땅을 볼 수 있겠나?"

백진호의 말에 준영은 청사진의 일부를 보여주었다.

원으로 본다면 여덟 조각으로 나누어져 있었고 이미 네 곳은 팔렸는지 다른 색으로 칠해져 있었다.

"두 곳은 퓨텍이 차지했습니다. 그리고 퓨텍은 본격적으로 원 밖의 땅들을 매입하기 시작했고요."

"아!"

준영이 왜 경쟁을 시키려는지 이해가 되었다. 원 안의 스튜디오를 이용해 원 밖까지 확장시킬 생각을 하고 있는 것이었다.

원 밖으로는 호텔을 지을 수도, 스키장을 만들 수도 있을 터였다.

"한 기업당 두 곳인가?"

"아닙니다. 기술을 가진 곳만 두 곳입니다."

백진호는 궁금한 점에 대해 계속 물었고 준영은 차분히 설명을 했다.

"하지. 난 동북쪽을 선택하겠네."

"파트너가 되신 걸 축하드립니다. 세부적인 내용에 대해서는 계약할 때 담당자가 자세히 설명을 할 겁니다."

"파트너가 된 날이니 술이 빠질 수 없지. 간단히 한잔하세나."

"하하하! 그러시죠."

한 덩어리의 땅을 판 날이니 준영도 흔쾌히 응했다. 한데 간단히 한 잔이라는 의미가 사람마다 다름을 몰랐던 준영은 새벽에야 술집에서 나올 수 있었다.

한리우드

시끄럽게 울리는 알람 소리에 남경필은 잠에서 깼다.

"젠장, 10분만 늦게 맞춰둘걸."

평소 좋아하던 아이돌 여가수와 막 행복한 시간을 보내려던 찰나였기에 짜증이 난 그는 침대에 누운 채로 투덜거렸다.

왠지 다시 눈을 감으면 꿈이 이어질 것 같은 느낌이 들었지만 몽중의 꿈보다 현실의 꿈을 생각하며 침대에서 일어났다.

남경필은 지방에 있는 영상 관련 학과를 졸업한 영화감독을 꿈꾸는 청년이었다.

샤워를 마친 그는 더워지는 날씨에 맞춰 얇지만 깔끔한 옷을 입고 스마트폰을 챙겨 문을 나섰다.

"여! 오늘도 교육받으러 가나?"

문을 닫는데 운동을 하고 왔는지 땀에 흠뻑 젖은 사내가 복도에서 말을 걸어왔다.

"예, 형. 운동하고 오시나 봐요?"

"응, 머리 좀 비우려고 간만에 뛰어봤다."

"그래서 머리는 잘 비워졌어요?"

"전혀. 다만 잠은 푹 잘 수 있을 것 같다."

사내, 윤덕길은 올해 나이 서른다섯으로 시나리오를 쓰는 작가였는데 낮과 밤이 뒤바뀐 생활을 하고 있었다.

한 달 전 남경필이 이곳에 왔을 때 이것저것 설명을 해준 계기로 형 동생 하며 지내고 있었다.

평소라면 쿨하게 자신의 방으로 들어갔을 윤덕길이 무슨 할 말이 있는 사람처럼 우물쭈물거렸다.

"무슨 할 말 있으세요?"

"아, 아니, 잘 다녀오라고."

"새삼스럽게… 피곤할 텐데 들어가 쉬세요."

"오냐, 얼른 영화감독 돼라. 내가 멋진 시나리오 한 편 써주마."

"…네."

대답은 했지만 영화감독이 된다면 절대 윤덕길의 시나리오를 쓸 생각이 없었다.

블랙코미디류를 좋아한다는 그의 글을 몇 편 읽어봤는데, 몇 번을 읽어봐도 어느 부분에서 웃어야 할지 몰라 꽤나 난감했던 기억이 있어서였다.

물론 윤덕길이 일반인은 이해하지 못할 정도로 난해한 글을 쓰는 천재일 수도 있겠지만 남경필이 생각하기에는 괴짜에 가까웠다.

건물을 나서자 형형색색의 거리가 가장 먼저 그를 반겼다.

도로의 바닥은 물론 건물의 외벽에도 다양한 그림들과 정체불명의 조형물들이 조화롭게 꾸며진 거리는 이곳의 명물이기도 했다.

그 거리를 걷다 보면 커다란 원형 광장이 나왔는데 정식 명칭은 '예술가의 광장' 이었지만 대부분의 사람들은 '괴짜의 광장' 이라 부르는 곳이었다.

"……!"

이른 시간이라 한산한 괴짜의 광장을 가로지르는데 갑자기 앞을 막아서는 물체에 남경필은 놀라며 걸음을 멈췄다.

그를 막아선 것은 다름 아닌 피에로 복장의 여자였는데 한 달 동안 이미 이런 경험이 몇 번은 있었기에 다행히 비명을 지르거나 욕설을 뱉지는 않았다.

그런 남경필을 향해 피에로는 다짜고짜 손짓 발짓을 이용해 의사를 표현했다.

"무얼 표현하는지 알아맞히라는 마임인가요?"

끄덕끄덕.

바쁘다고 말하고 그냥 가고 싶었지만 마임을 하는 그녀의 손이 가느다랗게 떨리고 있는 것을 보고는 차마 그럴 수가 없었다.

연기자를 희망하는 사람으로 스스로의 틀을 깨기 위해 노력하는 것일 수도 있고 어떤 단체에 들어가기 위한 신고식일 수도 있지만 어느 쪽이든 용기만은 칭찬해 주고 싶었기에 기꺼이 시간을 할애했다.

피에로는 혀를 한쪽으로 내밀었다. 그리고 잠시 꿈틀대듯 움직이다 입을 쩍 벌렸다.

머릿속에 가장 먼저 떠오르는 단어를 말했다.

"조개?"

"……!"

표정을 보니 맞힌 모양이었다.

이후 마임은 계속되었고 남경필의 직관력이 뛰어난 건지 피에로의 표현력이 좋은 건지 모르지만 순탄하게 흘러갔다.

"거북이? 놀라다? 혹시 단어가 아닌 문장이에요?"

틀렸는지 고개를 흔들며 같은 동작을 반복하는 피에로는 문장이라는 말에 고개를 끄덕였다.

"속담? 속담이구나! 자라 보고 놀란 가슴 솥뚜껑 보고 놀란다?"

"꺄아~~! 고마워요! 덕분에 드디어 끝났네요."

피에로의 입에서 기쁨의 비명이 터져 나왔다. 그리고 다짜고짜 남경필을 안았다.

가슴팍에 느껴지는 뭉클함에 이번엔 남경필이 피에로가 된 듯 말을 잊었다.

"문제를 다 맞히는 사람이 나타날 때까지 광장을 벗어나지 않으리라 결심했지만 24시간이 넘어서니 결심도 무뎌지더라고요. 한데 결심을 깨뜨리지도 않고 성공도 할 수 있게 되었으니… 다시 한 번 감사드려요."

"벼, 별말씀을요."

피에로가 떨어지고 나서야 남경필의 입도 떨어졌다.

"지금은 너무 피곤해 그냥 가지만 이 은혜는 꼭 갚을게요. 나중에 봐요."

은혜를 갚는다면서 연락처도 묻지 않고 바람처럼 떠나 버리는 피에로의 뒷모습을 보며 남경필은 가볍게 입맛을 다셨다.

"쩝! 저 여자도 어지간히 괴짜군."

괴짜는 괴짜였지만 가슴 큰 괴짜였다는 건 머릿속으로만 중얼거려야 했다.

뜻밖에 피에로를 만나 시간을 지체한 남경필은 광장 중앙에 있는 시계탑을 보곤 부리나케 뛰기 시작했다.

괴짜의 광장에서 도로를 건너면 전혀 다른 세상이 펼쳐졌다.

일단 노랫소리를 대신해 음식 굽는 소리가, 형형색색의 그림을 대신해 식욕을 자극하는 갖가지 색깔의 음식이 있었고, 그 음식을 먹으러 온 각국의 관광객들로 인종 전시장을 방불케 했다.

이곳은 음식점과 노점이 즐비한 곳으로 일명 '천국 음식점 거리'라고 불렸는데, 천국의 맛을 보여줘서가 아니라 여덟 개 지역에 몇 개씩 있는 음식점 거리에서 가장 저렴한 곳이라 붙여진 이름이었다.

물론 저렴하다고 맛이 없는 건 아니었다. 한 시간가량 줄을 서야 먹을 수 있는 맛집이 꽤 많았는데 관광객이 몰릴 때는 여기저기에 길게 늘어진 줄을 쉽게 볼 수 있었다.

남경필은 뭘 먹을까 주변을 두리번거리며 스마트폰을 꺼내 생활비가 얼마나 있는지 확인을 했다.

"어라? 왜 이거밖에 없지?"

예상보다 반밖에 남지 않은 금액에 깜짝 놀란 그는 결제 기록을 살펴보다 인상을 구겼다.

"이 인간이……!"

이틀 전 윤덕길과 술을 마셨는데 오랜만에 먹는 술이라 그런지 많이 마시지도 않았는데 기억이 드문드문 안 날 정도로 취했었다.

어렴풋한 기억을 떠올려 보니 더치페이인 술값을 계산할 때 스마트폰을 윤덕길에게 맡겼었는데 그때 윤덕길이 자신의 몫까지 함께 계산한 것이 틀림없었다.

아까 주뼛거렸던 모습에서 확신을 한 남경필은 당장에 전화를 걸었다. 하지만 자고 있는지 신호만 갈 뿐 받지 않았다.

"퇴근하고 보자!"

괘씸하긴 했지만 지금으로써는 어쩔 도리가 없었다.

다음 달 생활비가 나오는 날은 10일 뒤.

남은 돈을 10으로 나누고 다시 3으로 나눠봤다.

못 버틸 정도는 아니었다지만 조금 아껴야 딱 맞아떨어질 것 같았다.

남경필은 국물이 있는 음식을 먹으려던 계획을 접고 음식점보다 가격이 싼 노점을 둘러보았다.

그중에 마침 손님이 없는 부추위치—샌드위치처럼 부추전 사이에 각종 소를 넣어 만든 퓨전 음식—를 파는 곳이 눈에 띄었다.

"이모, 부추위치 하나 주세요."

"금방 해줄 테니 잠깐만 기다려."

치이이이익!

뜨거운 불판에 얇게 부추전을 편 아주머니는 익는 동안 말을 걸어왔다.

"예술가 지구 학생?"

남경필이 머물고 있는 곳의—괴짜의 광장을 포함해서— 공식적인 명칭은 '영상의 도시 8지역 예술가 지구' 였다.

작년 말부터 가평에 형성되기 시작한 '영상의 도시' 는 원래 이름보다는 한리우드, 기적의 도시, 기회의 도시라고 불렸다.

한리우드는 한국의 할리우드라는 의미에서, 기적의 도시는 SSC 방송국을 중심으로 형성된 거대한 도시가 단 7개월 만에 만들어졌고 지금도 하루가 다르게 넓어지고 있음에, 기회의 도시는 젊은 예술인들이 대거 몰리면서 붙여진 이름이었는데 점차적으로 부르기 쉽고 기억하기 쉬운 한리우드로 통일되어 가고 있었다.

"네."

남경필은 올해 스물일곱으로 학교를 졸업한 상태라 학생이라 부르기엔 무리가 있었다. 그렇다고 한리우드에서 지원하는 예술가 프로그램에 선발되었다고 해서 스스로 예술가라고 말하기엔 더욱 무리였기에 순순히 대답을 할 수밖에 없었다.

"교육 받으러 가고 있는 중이야?"

하루에 수많은 사람들을 상대해서일까 아주머니는 모르는 것이 없는 눈치였다.

한리우드는 크게 여덟 개의 지역으로 나누어져 있었는데 이 여덟 개의 지역을 총괄하는 곳이 영도관(영상의 도시 관리회)이었다.

영도관은 선발된 예술가들에게 서울의 땅값보다 더 크게 치솟고 있는 중심 지역에 거주지를 무료로 제공하는 것은 물론 한 달에 일정 금액—각종 생활 요금과 세 끼 식사를 해결하고 술 한두 번쯤 마실 수 있는—의 생활비를 주었다.

게다가 다양한 교육 프로그램도 제공했는데 영화감독이 꿈인 남경필은 2주 전부터 '스튜디오 실무' 라는 교육을 받고 있었다.

'그렇다' 고 대답하자 아주머니는 또다시 질문을 던졌다.

"이곳에 온 지는 얼마나 됐고?"

"한 달 됐어요. 교육은 2주 전부터 받고 있고요."

"성실한 학생이네. 멋모르고 이곳이 놀이터인 양 놀고 있는 학생들을 보면 참 가슴이 답답해."

아주머니는 적당히 익은 부추전에 각종 소를 아끼지 않고 올리며 말을 이었다.

"학생은 이곳에서 부디 많은 것을 가져가. 이곳을 기회의 도시라고 부르지만 노력하지 않으면 그저 시간을 허비하는 장소에 불과할 거야."

남경필도 아주머니의 말에 동의를 하는지 가볍게 고개를 끄덕였다.

남경필이 예술가 지원 프로그램에 선발되었다는 메시지를 받고 제일 먼저 생각한 것이 '왜 영도관은 검증받지 못한 재능을 가진 이들에게 과감한 투자를 하고 있는가?' 에 관한 것이었다.

어떤 이들은 영도관이 자신들을 관광 상품으로 이용하기 위해서라고 결론을 내기도 했고, '지원을 받은 사람은 일정 금액 이상의 돈을 벌 경우 일정량을 기부해야 한다' 는 항목을 들먹이며 미래에 자신들이 벌 돈을 담보로 잡은 사채업자에 비유하기도 했지만 남경필은 여전히 의문이었다.

"자, 다 됐다. 이건 열심히 하라는 의미에서 주는 서비스."

아주머니가 푸근한 미소를 지으며 서비스로 시원한 식혜를 한 잔 건넸다.

얼떨결에 받아든 식혜를 보고 있자니 문득 질문에 대한 답이 떠올랐다.

"…그냥 주고 싶은 마음인 건가?"

막상 해답을 얻으니 지금까지 고민하던 시간이 아까울 뿐이었다.

"응?"

"아! 아무것도 아닙니다. 감사히 잘 먹겠습니다!"

영도관이 어떤 생각으로 투자를 했든 지금은 그저 감사한 마음으로 받으면 되는 일이었다.

그리고 그의 마음 한편으로 나중에 자신도 누군가에게 줄 수 있는 사람이 되길 바랐다.

여유롭게 나왔지만 이런저런 일이 생기다 보니 출근 시간이 빠듯할 것 같았기에 남경필은 버스 정류장으로 향하며 부추위치와 식혜를 허겁지겁 먹었다.

다행히 버스 정류장에 이르자 4지역으로 가는 무인 버스가 바로 도착했다.

4지역은 성심스튜디오가 위치한 곳으로, 총 열 개의 스튜디오가 있었는데 그중 한 곳에서 교육을 받고 있었다.

사실 교육이라기보단 실무에 가까웠지만 오히려 바라던 바였기에 꽤 즐겁게 일을 하고 있었다.

다음 역은 성심 제5스튜디오입니다. 내리실 때 안전에 유의해 주시기 바랍니다.

"어? 오늘은 촬영이 저녁에만 있다고 했었는데……."

버스에서 내려 스튜디오 입구로 향하자 많은 사람들과 차들로 북적이고 있었다.

한리우드에서 지내는 한 달 동안 꽤 많은 연예인들을 봤지만 여전히 연예인을 보면 신기했기에 자신도 모르게 기웃거리며 누가 왔는지를 확인했다.

"저 사람은!"

멀리서 봐도 한눈에 알아볼 수 있을 정도로 아름답게 생긴 여배우가 있었지만 그의 시선은 여배우와 얘기를 나누고 있는 남자에게 집중됐다.

드라마계에 한 획을 그은 비바 2010의 드라마 PD이자, 한국 애니메이션 역사상 500만을 돌파한 '여우 토돌이'를 제작한 영화감독이며, 영화관들이 빙의 모드를 지원하자마자 한국에서만 1,000만 관객을 동원한 '잃어버린 고리'라는 판타지 영화를 만든 백연호 감독이었다.

가장 존경하는 인물이자 롤모델인 백연호를 넋을 잃고 보고 있는데 누구가가 남경필의 등을 소리 나게 내려쳤다.

"여기서 뭐 한다고 멍 때리고 있냐?"

"파, 판 대리님."

성심스튜디오의 직원이자 남경필의 교육 담당자인 판정복 대리였다. 그는 남경필이 바라보고 있던 방향을 보더니 씨익 웃으며 말을 이었다.

"너처럼 그렇게 빤히 보면 아무리 연예인이라고 해도 부끄럽겠다. 그래도 이쁘긴 지독하게 이쁘다. 그치?"

"여배우 본 것 아닙니다."

"그럼?"

"백연호 감독님 보고 있었습니다."

"컥! 너 그런 쪽이었냐? 어쩐지 나한테 살갑게 굴더라니…

나한테서 좀 떨어져 줄래?"

"그, 그런 쪽이라니… 아니거든요! 영화학도로서 존경하는 분이라 보고 있었습니다."

"발끈하는 걸 보니 더 수상한데? 뭐 존경을 하든 사랑을 하든 내 알 바는 아니지만 이제 슬슬 들어가야 하지 않겠냐?"

"존경하는 거라니까요!"

"그래그래, 그렇다고 해. 대신 경고하는데 나한테 달라붙지 마라."

스튜디오로 들어가며 아무리 아니라고 말을 해도 판정복은 귀를 닫았는지 '그래그래' 만을 반복했다.

지하 주차장과 지상 3층의 작지 않은 스튜디오 건물을 관리하는 사람은 소수에 불과했다.

2교대로 촬영장을 관리하는 두 명의 엔지니어와 경비 업무를 맡고 있는 여섯 명의 경비 팀이 전부였는데, 기타 청소, 기술 지원, 업무 지원 등은 모두 지역의 중앙에 위치한 제1스튜디오에서 관리를 했다.

그 말인즉 두 사람밖에 없는 사무실 겸 촬영장 컨트롤 룸에서 하루 종일 같이 있어야 한다는 소리였기에 친해지지 않으면 서로가 버티기 힘들었다.

물론 담당 직원이 마음에 들지 않으면 교체 신청을 할 수 있었다.

남경필도 처음에 무뚝뚝하고 데면데면 구는 판정복이 마음에 들지 않아 교체 신청을 할까 말까 고민을 한 적이 있었다.

하지만 사람은 겪어 봐야 알 수 있다는 말처럼 겪어 보니 정말 괜찮은 사람이었다.

일주일 전에 남경필이 컨트롤 박스를 잘못 만져 한 시간가량 촬영이 중지되는 일이 발생했었다.

당연하게 클라이언트인 촬영 팀에서 항의가 들어왔는데 판정복은 남경필에게 책임을 미루지 않고 자신의 잘못이라며 묵묵히 감내했다.

"제 잘못인데 왜 대리님이 잘못했다고 하셨습니까?"

일이 해결된 뒤 남경필은 물었다.

"교육을 받기 위해서든 어쨌든 일단 넌 내 밑에 있는 사람이야. 그 말은 네가 잘못한 건 내 책임이고 나의 잘못도 된다는 뜻이야. 그러니 신경 쓰지 마."

어떻게 보면 당연한 말이었지만 행동으로 옮기는 건 쉽지 않은 일임을 남경필도 잘 알고 있었다.

그리고 혹 주눅이 들까 봐 그랬는지 평소보다 더 잘해주는 판정복의 모습에 결국 감동을 받을 수밖에 없었다.

"커피 좀 타와 봐라. 그리고 컨트롤 박스 제대로 되어 있는지 점검도 해보고."

"…네."

그때의 감동은 일주일도 지나지 않아 사라지기에 충분했고 담당자를 교체해 달라 할까 하는 마음이 다시 고개를 치켜들었다.

"스튜디오에 촬영 팀이 들어왔는데 일은 안 하십니까?"

"할 필요 없어. 백 감독님이 알아서 할 거야."

"에?"

"아마 백 감독만큼 스튜디오를 잘 이용하는 사람은 없을 거야. 가장 먼저 스튜디오에 대해 배웠고, 드라마나 영화를 찍은 사람이거든. 그리고 스튜디오 컨트롤 센터 교육을 받을 때 백 감독에게 받았어."

"아! SSC 방송국에서 일하시죠?"

백연호가 SSC 방송국 드라마국 국장이라는 사실이 떠올랐다.

"일했었지. 지금은 퇴사해서 자신의 아버지 회사에 일하는 모양이더라고."

"거기가 어딘데요?"

"LC그룹."

"헐, 대단한 사람이군요. 한데 LC그룹 스튜디오에서 하면 되지 왜 여기까지 온 거래요?"

"글쎄, LC그룹 스튜디오엔 예약이 다 찬 모양이지."

현재 스튜디오를 운영하고 있는 곳은 8개 지역 5개 그룹을 제외하고도 영상의 도시 외곽에 크고 작은 열 개의 회사가 있었다.

그 열다섯 개의 스튜디오 중 가장 높은 예약률을 가진 곳은 퓨텍이었고 그다음이 LC그룹이었다. 사실상 영상의 도시를 만든 성심그룹은 겨우 5위에 불과했다.

"아무리 이곳에서 일했다고 해도 경쟁사의 사람이 되었는데 스튜디오를 빌려줘도 돼요?"

혹시 판정복이 이 일로 곤란해지지는 않을까 걱정돼서 물은 것이었다.

"관리 팀에서 전화가 와서 물어봤더니 회장님이 직접 전화하셔서 빌려주라고 그랬대."

회장이 빌려주라고 했다니 더 이상 왈가왈부할 문제가 아니었다. 그리고 남경필의 입장에서는 백연호가 연출하는 장면을 직접 볼 수 있는 드문 기회였다.

백연호는 배우들의 연기가 마음에 들지 않는지 계속 'NG'를 외치고 있었다.

"오! 카리스마가 장난 아니네요."

하지만 마냥 화면만 보고 있을 수는 없었다. 그는 교육생이었고 소화해야 할 커리큘럼이 있었다.

"이틀간 뉴스를 간추려 봐."

스튜디오의 관리와 컨트롤 박스 이용에 대해 배우는 교육에 웬 뉴스에 관한 얘기냐 할 것이다.

남경필도 그렇게 생각해 판정복에게 물었었는데 그는 성심그룹에서 하는 기본 교육 과목이라는 말로 일축했었다.

"한국전력과 도시가스 공사의 부정부패는 이제야 마무리가 되어가고 있고, 지하금융 양성화에 이어 탈세자와 고액 체납자에 대한 검찰과 세무서의 합동 작전으로 상당수의 세금이 걷히고 있다는 소식입니다. 그와 연계된 뉴스로는 고액 세납자들 중 이민을 심각하게 고려하고 있다는 사람이 많다는 반면 빡빡한 한국 사회에 불만이 있던 고학력자들의 해외 이민이 주춤하고 있다고 합니다. 그리고 정치면에서는……."

남경필은 머릿속으로 외우고 있던 기사들을 쉴 새 없이 토해냈다. 그 모습을 지켜보던 판정복의 얼굴이 점점 찌푸려지더니 결국 소리를 질렀다.

"스톱! 넌 어째 발전이 없냐?"

"네?"

"지금까지는 그냥 지켜봤는데 2주 정도 지났으면 바뀔 때도 되지 않았어? 누가 간추린 뉴스를 듣고 싶다고 그랬냐?"

"뉴스를 간추리라고 말씀하셨잖습니까?"

"내가 너 기억력 테스트하려고 뉴스 보라고 했겠냐? 네 생각이 빠졌잖아. 네 생각이!"

"생각은 하고 있는데 간추리라고 해서 간추린 것뿐입니다."

"그래? 그럼 이하민 대통령에 대해 어떻게 생각하는지 네 의견을 말해봐."

남경필은 뉴스를 좋아하지 않았다. 학교 다닐 때도 연예 뉴스나 사회적으로 크게 이슈화되는 사건이 아니면 보지도 않았다.

안 그래도 살기 빡빡한 세상에 보는 것만으로도 기운 빠지게 만드는 정치 뉴스나 열불 나게 만드는 경제 뉴스, 한숨 나오게 만드는 사회 뉴스를 볼 이유가 없었다.

'그까짓 생각을 말하지 못할까?'

욱하는 마음에 답했지만 스스로의 생각을 말할 자신 또한 있었다.

"이하민 대통령은 독재자입니다. GN그룹을 강제적으로 해

체시키고 부정부패를 처단한다는 미명 아래 강력한 대통령의 권한을 이용해 사회를 혼란하게 만들고 있습니다. 또한 법의 근간을 흔드는 특별법을 내세워 국민들의 기본권마저 침해하고 있습니다. 그런 독단적인 행위에 경제는…….”

남경필은 자신의 생각을 말한다고 믿고 있었지만 판정복이 볼 땐 뉴스에서 말하는 그대로 옮기는 것에 불과해 보였다.

“좋아, 이하민 대통령이 독재자라고 하자. 그래서 너에게 어떤 피해를 입혔지? 너도 취업할 나이니 인턴제에 대해 잘 알 거야. 인턴제를 없앤 것이 독재자의 행동인 건가?”

“옳은 정책이라고 해도 사회적 합의를 통해 천천히 결정하는 것이 옳다고 생각합니다.”

“네가 말하는 ‘천천히’ 가 재벌들이 원하던 그의 임기가 끝날 때를 말하는 건가? 그리고 법의 근간을 흔든다고 했는데 국민의 의무를 무시하고 수억씩 미납한 거액의 세금 체납자들에게 정당하게 세금을 걷기 위해 만든 특별법이 과연 나쁜 일일까?”

“그건…….”

“이하민 대통령의 행위가 경제를 나쁘게 만든다고 했는데 정확한 예시를 말해줬으면 좋겠군. 혹시 재벌들의 상반기 실적이 저하됐다는 걸 말하고 싶다면 그들의 실적이 저하되어서 너한테 어떤 영향을 미쳤는지도 생각해 보고 말하는 게 좋을 거야.”

얘기가 길어지자 말문이 막혔다. 그리고 비로소 자신의 생각이 아닌 뉴스가 떠들고 있던 것을 그대로 옮기고 있음을 깨달았다.

"물론 내 말처럼 독재자적인 면이 많은 것도 부인할 수 없는 사실이야. 무엇이 옳고 그른지에 대해서는 스스로 더 많이 생각해 보고 판단을 내려."

"……."

"나도 누군가에게 들은 얘기지만 해줄게. 어느 나라에서 국부라고 불리던 사람이 죽었어. 부정부패 없는 나라, 세계에서 상위권에 드는 부유한 나라를 만든 사람이어서 각국의 정상들이 그의 죽음을 애도했지. 한데 겉으로 보는 것과 달리 숨겨진 얘기도 있어. 그 사람의 가족들이 국가의 고위직 곳곳에 배치되어 있고 야당이 존재할 수 없도록 만들었지. 가령 한 지역에서 야당 의원이 당선되면 그 지역에 제공되는 모든 지원을 끊어버려. 그리고 당선된 야당 의원을 어떤 식으로든 죄를 뒤집어씌워 의원직을 박탈해 버리지. 그뿐만이 아냐. 국민들이 정부를 비판할 수 없도록 만들었어. 정치 얘기를 했다간 경찰에게 잡혀가는 곳이지. 자, 과연 그 국부는 정말 존경받을 만한 사람일까?"

판정복은 해답 대신 질문을 던지며 얘기를 끝마쳤다. 그리고 남경필에게 생각할 시간이라도 주려는 듯 스마트폰을 꺼내 딴짓을 했다.

남경필은 판정복이 자신에게 말하려는 바를 알 수 있었다. 그는 옳고 그른 것을 가르치려는 것이 아니라 '생각하라' 고 말하고 있는 것이었다.

앞으로 살아가는 데 길이 되어줄 한마디를 얻은 기분이었다. 그래서 그 기분을 조금이라도 자신의 것으로 만들고자 깊은 생각에 빠졌다.

"야, 남경필. 자냐?"

"쓰읍~ 새, 생각 중인데요."

남경필이 깊은 생각(?)에서 깨어났다. 깊어도 너무 깊이 들어간 모양이었다.

"무슨 생각을 침을 흘리면서 하냐? 생각 다 했으면 점심 먹으러 가자."

판정복은 피식 웃으며 다 알고 있다는 얼굴을 하고 있었다.

"벌써 점심시간이에요? 판 대리님 말씀을 머리에 새기려다 보니… 헤헤헤!"

남경필은 손등으로 입 주위를 닦으며 너스레를 떨었다. 그리고 식당으로 향하는 판정복의 뒤를 따랐다.

"회장님이 이쪽으로 오신다구요?!"

스튜디오에서 조금 떨어진 곳에서 점심을 먹고 온 두 사람에게 갑자기 날벼락이 떨어졌다.

"청소! 청소부터 하자!"

4지역 관리 팀에서 온 전화를 끊은 판정복은 안절부절못하며 소리쳤다.

판정복은 잔상이 보일 정도로 빠르게 움직이고 있었지만 남경필의 경우에는 여유가 있었다.

성심그룹 회장이라고 하지만 자신과는 크게 관계가 없는 사람이었으니 딱히 긴장할 이유가 없었다.

다만 한리우드를 만든 사람이라는 점에서 한 번쯤 얼굴이라도 봤으면 했던 인물이었다.

"오신다."

제5스튜디오 입구에서 평소와 달리 잔뜩 긴장한 채 서 있던 판정복이 낮은 목소리로 중얼거렸다.

"뭘 그리 긴장하십니까?"

"내가 가장 존경하는 분이니까."

"취향이 특이하시군요. 옆에서 좀 떨어지겠습니다."

아침에 있었던 일에 대한 복수의 농담이었다. 판정복이 인상을 구기며 주먹을 불끈 쥐어 보였지만 막 차에서 내리는 회장 때문인지 그게 끝이었다.

"안녕하십니까, 회장님! 제5스튜디오의 관리자인 판정복 대리입니다."

"개인적인 일로 온 것뿐인데 번거롭게 해드렸군요."

"아닙니다."

자신에게 높은 사람처럼 느껴지던 판정복이 수행원을 뒤에 달고 다가오는 회장에게 비굴하게 보일 정도로 허리를 굽히는 모습에 약간 씁쓸한 생각이 들었다.

'대단한 사람이라고 해서 카리스마 넘치게 생겼을 줄 알았는데 그냥 평범하네.'

수행원들과 옆에 비서인지 애인인지 모를 예쁘게 생긴 여자만 없다면 길거리에서 흔히 볼 수 있는 평범한 외모였다.

"이분은……?"

"이 친구는 영도관의 교육 프로그램 때문에 와 있는 남경필입니다."

"반갑습니다, 안준영입니다."

"아, 예예! 남경필입니다."

옆에서 볼 때는 몰랐는데 직접 마주하게 되니 분위기가 달랐다.

그래서일까 자신도 모르게 아까 비굴하게 보였던 판정복처럼 두 손으로 준영이 내민 손을 잡으며 허리를 90도가량 숙이고 있었다.

높은 자리에 있는 사람에 대한 예의라고 스스로의 행동을 자위하고 고개를 드는데 준영의 옆에 있는 여자가 자신을 빤히 보고 있었다.

'젠장……!'

왠지 모를 자격지심과 함께 패배감이 온몸을 덮치는 듯했다. 한데 여자는 그런 그의 마음은 아랑곳하지 않고 더욱 자세히 보려는 듯 고개까지 쑥 빼며 자신을 바라보았다.

"어, 아침에 그 사람이네?"

"아는 분이야?"

"응, 오빠가 내준 그 악마 같은 테스트에서 나를 구원해 준 사람."

준영과 민영의 대화를 어리둥절해하며 듣고 있던 남경필은

'아침' 이라는 단어와 '테스트' 라는 단어를 듣고 자신도 모르게 입을 열었다.

"가슴 큰 여자 피에로? 헉! 그, 그러니까 가, 가슴… 은 아니고, 그러니까 그게 아까 앉아줬을 때… 으악! 죄, 죄송합니다."

무심코 뱉은 말에 주변이 정적에 휩싸이자 실수를 깨달은 남경필은 변명을 하려 했지만 하면 할수록 더 이상해져 갔다.

그때 준영이 그를 살렸다.

"큭큭큭! 변명 안 하셔도 돼요. 같은 남자로서 충분히 이해하니까요. 그건 그렇고, 착각하신 것 같네요. 민영인… 험!"

"오빠! …진짜거든."

"글쎄, 진실은 나중에 네 남자 친구가 알게 되겠지. 할 얘기 있음 하고 들어와. 먼저 들어가 있을 테니."

준영이 스튜디오 안으로 들어가자 판정복도 따라 들어갔다. 입구에는 멀찍이 떨어져 있는 경호원을 제외한다면 민영과 남경필만 남게 되었다.

"죄송합니다."

남경필은 다시 사과를 했다.

"받아들일게요. 그 얘긴 이제 그만해요. 그건 그렇고, 아까 제가 정신이 없어서 그쪽 연락처도 못 물어봤었는데 이렇게 만났으니 잘됐네요. 제가 다음에 꼭 저녁 살게요."

"아닙니다. 별것도 아닌데요."

"저한테는 엄청 중요한 일이었어요. 백연호 감독님 영화에 출연하고 싶다고 오빠한테 부탁했더니 얼토당토않은 테스트를 내며 성공하면 해준다더군요. 아마 거절할 생각으로 그런 테스트를 낸 거겠죠? 한데 경필 씨 덕분에 성공하게 된 거예요. 그러니 제가 어찌 가만히 있겠어요."

방긋방긋 웃으며 사정을 얘기하는 민영을 보는 남경필의 얼굴이 점점 붉어지고 있었다.

한 남자가 사랑에 빠지는 순간이었다.

4장

가상현실 게임

뜬금없이 도창정이 성심테크 본사를 방문했다.

"어서 오세요. 영상의 도시 합의할 때 뵙고 처음이니 7개월 만인가요?"

퓨텍은 가상현실을 이용한 영상 제작 기술을 1월에 전격 발표했다.

스튜디오가 필요 없이 헤드셋으로 가상의 공간에 접속해 연기만 펼치면 영화고 드라마고 뚝딱 만들어지는 기술일 거라 생각했는데 의외로 퓨텍 또한 성심스튜디오와 비슷한 기술을 선보였다.

이미 영상의 도시 5, 6지역을 구매할 때부터 자신과 비슷한 생각을 퓨텍이 하고 있음을 눈치채고 있었기에 바로 만날 것을 제의했었다.

그때 새롭게 퓨텍의 회장 자리에 오른 장두호가 아닌 도창정이 책임자로 나와 3일간의 회의 끝에 전격적인 합의를 이루었다.

물론 엄밀히 따지자면 합의라기보다는 준영이 가지고 있던 것을 넘겨주는 형식이었다.

두 개 지역의 땅과 그에 관한 권리를 무상으로 주고 영상의 도시에 참여할 기업들에게 받을 기술료와 스튜디오 제작에 대한 이익을 정확하게 절반씩 나눈 것이다.

"벌써 그렇게 됐습니까? 시간 참 빨리 흐르는군요. 전화상으로 몇 번 말했지만 그때 양보해 줘서 다시 한 번 감사드립니다."

"양보라니요. 어차피 퓨텍이 다른 곳에 영상의 도시와 같은 곳을 만들었다면 지금과 같은 이익은 없었을 겁니다. 서로 윈윈 하게 되었으니 전 그걸로 만족합니다."

"허허허! 역시 남다른 배포시군요. 안 사장님, 아니, 이젠 안 회장님이라고 불러야겠군요."

"별말씀을요. 합의할 때 절반으로 이해해 준 도 비서실장님의 배려에 제가 감사해야죠. 서서 이럴 게 아니라 앉아서 얘기하시죠."

자리에 앉아 차를 한 모금 마신 준영이 물었다.

"한데 바쁘신 분이 여기까지 웬일이십니까?"

"장두호 회장님이 일을 잘했다고 새로운 직책을 내려주시더군요."

"어떤?"

"퓨텍엔터테인먼트의 사장 자리입니다."

퓨텍엔터테인먼트는 성심스튜디오처럼 영상의 도시를 관리하는 회사였다.

"이런, 축하 인사가 늦었군요. 영전을 축하드립니다, 도 사장님."

"영전이라기보단 전대의 인물이라고 쫓아낸 것이죠."

쫓겨났다 말하면서도 기쁜 표정이 역력한 도창정의 얼굴을 보니 그저 겸양에 하는 말일 뿐이었다.

"최근 가장 핫 한 회사로 쫓겨난 것이라면 괜찮지 않습니까?"

"허허허! 말이 그렇게 됩니까? 안 회장님 말을 들으니 한결 기분이 나아지는군요. 앞으로 근처에 있으니 잘 부탁드립니다."

"제가 오히려 부탁을 드려야죠. 최근 퓨텍엔터테인먼트가 단연 선두 아닙니까?"

미국 할리우드의 메이저 회사들이 퓨텍의 스튜디오로 몰려들면서 가동률 면에서 어떤 스튜디오보다 압도하고 있었다.

"참! 부임 인사 겸 성심스튜디오의 가동률에 대해 궁금한 게 있어 물어보려고 왔습니다."

"말씀하십시오."

도창정은 스스럼없이 본론을 꺼냈다. 준영은 당연하다는 듯 받아들였다.

사실 두 사람은 공생 관계였는데, 준영은 퓨텍의 정보를, 도창정은 성심의 정보를 서로가 필요할 때 알려주고 있었다. 그러니 굳이 돌려 얘기하면서 상대방의 의도를 파악할 필요도 없었다.

"이번 달에 5위를 했더군요. 사실상 중심지에 위치한 5개 기업 중에서는 꼴등이고 외곽에 있는 스튜디오에도 곧 뒤질 거 같은데… 이유가 궁금합니다."

돌려서 말하고 있지만 묻는 의도는 명확했다.

"거기에 어떤 꿍꿍이가 있을 거라고 생각하시는 거군요?"

"꼭 그렇다는 건 아니지만… LC, 구성, 로테그룹도 약간 의심을 하고 있습니다."

하긴 기술을 개발하고 가장 먼저 스튜디오를 만들었다는 점 때문인지 3월까지는 가동률이 거의 100퍼센트였던 성심스튜디오가 지금은 70퍼센트를 겨우 넘고 있으니 이상하게 보이는 건 당연했다.

물론 그렇게 된 데는 이유가 있었다. 생색을 내는 것 같아 딱히 말을 하지 않았지만 파트너들이 의심을 한다면 말을 해줘야 했다.

"3월에 구성그룹이 합류했고 4월에 로테그룹이 합류했었죠? 그리고 5월부터는 외곽의 스튜디오가 생겨났고요."

"그랬죠. 한데 스튜디오가 늘어나면서 가동률이 떨어졌다고 보기엔 너무 급격하게 떨어졌다고 생각하지 않습니까?"

"물론입니다. 퓨텍과 LC는 예약분만 빠져나갔을 뿐 가동률이 떨어지진 않았죠. 제 입으로 말하긴 뭐합니다만 의심을 풀기 위해서라도 말씀드리죠. 성심스튜디오로 들어온 촬영 팀을 새로 합류한 그룹의 스튜디오로 보냈습니다."

"네? 그게 무슨……."

"미래의 열매를 보고 파트너가 된 그룹들이 스튜디오를 만들었지만 막상 손님이 많지 않다면 기분이 어떻겠습니까? 그리고 스튜디오에 손님이 없다면 그 주변의 상가는요? 물론 시간이 지남에 따라 해결될 문제였지만 전 좀 더 빨리 안정을 찾기를 바랐습니다. 그래서 그렇게 했습니다."

도창정은 준영의 말에 거짓이 없음을 알았다.

3월에 합류하고 4월부터 영업을 시작한 구성은 4월에 50퍼센트가 넘는 가동률을 보였고, 5월에 시작한 로테 또한 비슷한 수치를 보였었다.

그리고 이들의 영업 실적을 보고 본격적으로 다른 기업들이 달려들기 시작했고 외곽에도 스튜디오들이 생기기 시작했다.

"허허허. 정말 안 회장님의 마음 씀씀이에 두 손 두 발 다 들었습니다. 다른 의도가 있지 않을까 생각했던 제 자신이 부끄러워지는군요."

"별것 아닙니다."

"별것 아니긴요. 게다가 땅값만 해도 엄청난 8지역을 팔지 않고 젊은 예술가들에게 공짜로 제공하고 그들에게 생활비도 지불하지 않습니까. 정말 대단하십니다. 정말 많은 기업인들에게 귀감이 되는 분입니다."

겉으로 보기에는 영도관이 예술가들에게 거주지와 생활비를 지원하는 것처럼 보여도 사실은 모두 준영이 지불하고 있는 것이었다.

엄지를 '척' 하고 내밀며 낯 뜨거운 칭찬을 하는 도창정을 보고 있자니 마음 한편이 살짝 찔렸다.

8지역에 관한 것은 반만 맞는 얘기였다.

일하지 않는 자, 먹을 자격이 없다는 말을 철칙으로 생각하는 준영이 거주비와 생활비, 각종 교육과 관계자들의 눈에 뜨일 기회를 주면서 그들을 그냥 내버려 둘 리 없었다.

다른 기업들이 외곽에 호텔과 놀이 시설을 세우고 전국의 관광지와 연계해 관광 상품을 개발할 때 준영은 주거지를 회사 건물로 삼고 젊은 예술가들을 직원으로 삼아 관광 타운을 개발하고 있었다.

아침부터 저녁까지 각종 공연이 이어지는 곳, 거리도 사진을 찍을 수 있는 배경이 되는 곳, 새벽까지 불타는 청춘들이 넘쳐 나는 곳.

그게 바로 준영의 사업이었다.

준영의 생각은 적중했다.

8개 지역 중 땅값이 가장 비싼 곳이 바로 8지역과 그 주변이었고 일 때문이 아닌 순수한 관광을 위해, 밤 문화를 즐기기 위해 찾는 사람들이 급격하게 늘고 있었다.

준영이 할 일은 그저 늘어나는 인원을 파악해 술집과 클럽을 늘리고 새벽까지 어디를 돌아다녀도 안전하게 즐길 수 있도록 해주면 되는 일이었다.

이미 지출보다 수입이 많은 상태. 아마 몇 달만 더 지나면 두 개 지역 스튜디오에서 버는 돈보다 8지역에서 나오는 돈이 더 많을 것이다.

거기에 8지역의 외곽엔 주택단지를 계획 중이었는데 아마 없어서 못 팔 정도로 날개 돋친 듯 팔릴 것이라는 게 준영의 생각이었다. 그때가 되면 도창정도 깨닫겠지만 지금 말해줄 생각은 없었다.

"하하… 뭘 귀감까지. 그저 영상의 도시에 조금이라도 도움이 되고자 했을 뿐입니다."

"8지역은 이젠 영상의 도시에서 없어선 안 될 곳이죠. 관광객들 중 대부분이 낮에 관광을 하고 밤에는 8지역에서 즐기니 심심할 틈이 없다는 말하고 있죠. 그리고 일 때문에 스튜디오를 찾았던 고객들 중 8지역을 즐기기 위해 다시 찾는 사람들도 늘어나고 있는 추세입니다. 저희에게도 아주 큰 도움이 되고 있습니다."

"그렇게 말해주시니 감사합니다."

"저희 퓨텍도 영상의 도시를 위해서 문화 쪽으로 많이 생각해 보아야겠습니다."

"퓨텍이 모범을 보인다면 다른 파트너들도 긍정적인 반응을 보일 터이니 모두에게 좋은 일이 되겠지요. 그건 그렇고, 최근 좋은 소식이 있더군요."

칭찬을 듣고자 한 일도 아닌데 칭찬을 들으니 불편했던 준영이 화제를 돌렸다.

"아아~ 두 번째 가상현실 게임 말씀이군요?"

"네, 9년 만의 새로운 게임이라고 많이들 기대하는 모양이더군요."

"사실 안 회장님 앞이라 하는 얘기지만 새로운 게임을 만들었다는 것보다 만들 수 있다는 것을 보여준 것이 본사로서는 가장 기쁜 일일 겁니다."

"왜요?"

"그동안 인공지능 컴퓨터가 고장 나서 더 이상의 게임을 만들지 못하게 되었다는 루머가 상당했거든요."

"그렇군요. 어쨌든 축하드립니다."

도창정은 더 얘기해 줄 수 있다는 표정이었지만 준영은 더 이상 묻지 않았다.

사실 퓨텍의 가상현실 게임에 대해선 도창정보다 자신이 더 많이 알고 있었다.

지지부진하던 퓨텍의 게임 개발이 완성된 것도 천(天)에게 준영이 부탁했기 때문에 가능한 일이었다.

"바쁜 시간을 너무 많이 뺏은 것 같군요. 이만 일어나 보겠습니다."

알고 싶은 것을 모두 알아냈는지 도창정은 소파에서 일어났다.

"다시 한 번 축하드립니다. 종종 들러주세요."

"허허허! 그러겠습니다. 아 참! 장두호 회장님이 언제 한번 뵀으면 하시던데……."

"요즘 제가 너무 바빠서 말입니다. 시간 되면 그때 연락드리죠."

이하민으로 분했을 때 그를 본 후 분노에 휩싸였던 경험이 있는지라 장두호라면 두 번 다시 만나고 싶지 않았다.

괜히 만났다고 실수할 바에는 아예 안 만나는 게 최선이었다. 그리고 바쁘다는 말도 사실이었다.

준영은 도창정을 엘리베이터까지 마중했고 그가 탄 엘리베이터가 닫히자마자 오작교를 건너 천(天)이 있는 건물로 뛰어갔다. 그리고 엘리베이터를 타고 천(天)의 본체가 있는 지하로 내려갔다.

"밥 먹고 내려오라고 했을 텐데!"

본체에 접속할 수 있는 의자 옆에 서 있던 천(天)이 팔짱을 낀 채 눈을 좁히며 말했다.

그러고 보니 도창정을 만나러 가기 전에 그 말을 들은 것도 같았다.

"저녁에 두 배로 먹을게."

"안 돼! 먹기 전에는 절대 접속 못 해."

의자까지 막아서며 확고부동하게 말하는 천(天).

졸라볼까 하던 준영도 그 모습에 결국 위로 올라가 점심을 먹어야 했다.

SSC 방송국은 오미란에게, 성심스튜디오는 능령에게, 이하민은 천(天)에게 맡기고 준영은 지난 두 달간 가상현실 게임에 매달리고 있었다.

지금 바로 출시를 해도 좋을 정도로 완성도 높은 게임이었다. 하지만 준영은 중세 시대를 배경으로 한 게임보다는 현대를 배경으로 하는 게임이 더 나을 것 같아 리뉴얼을 하기로 마음먹었다.

문제는 일반 게임과 천(天)이 만든 게임이 전혀 다른 구조로 이루어져 있다는 것이었다.

만일 이야기의 흐름을 좌우하는 메인 퀘스트를 주는 캐릭터를 고치려면 그 캐릭터의 조상 캐릭터들과 연관된 캐릭터들까지 전부 고쳐야 했다.

그건 천(天)이 작업을 해도 오래 걸리는 일이었기에 전혀 다른 방법으로 접근해 리뉴얼에 들어갔다.

"다 먹었어!"

입을 쩍 벌리며 다 먹었음을 강조하는 준영.

천(天)은 그런 준영의 모습에 피식 웃고는 의자에서 비켜섰다.

의자에 앉자 뒤로 젖혀지며 눕는 자세가 되었다.

"안에서 봐."

안에서 보자는 말로 준비되었음을 말했다.

슈트처럼 생긴 뚜껑이 몸을 덮었고 곧 환한 빛과 함께 시력을 잃었다.

* * *

친구로 보이는 두 사람이 길을 걷고 있었다. 그중 키가 좀 작은 친구가 물었다.

"한 달 뒤에 우리 세계를 도울 이방인들이 찾아온다면서?"

"모든 신들께서 동시에 신탁을 내리셨다잖아."

"옛날에도 신탁이 내린 적이 있었는데 결국 거짓이었잖아. 그 덕분에 종교전쟁이 일어나 많은 사람이 죽었다던데 이번에도 혹시 거짓이 아닐까?"

"아니, 이번엔 진짜 같아. 요즘 하루가 다르게 세상이 천지개벽하듯 바뀌는데 거짓일 리가 없지."

"하긴 그렇긴 하네."

자고 일어나면 없었던 이상한 모양의 물체가 전 세계 마을마다 생겨나기도 했고 지역마다 지형이 하루아침에 바뀌기도 했다.

키 작은 사내는 친구의 말에 수긍이 됐는지 고개를 끄덕였다. 그리고 또 다른 질문을 했다.

"도대체 지금 세상을 바꾸고 있는 분은 어떤 신일까?"

"그건 왜?"

"그분을 믿고 싶어서 말이야. 신들께서 간혹 기적을 선보였다고 하지만 그분에 비하면 조족지혈이 아닌가?"

"그렇다면 지금 믿고 있는 분을 믿으면 돼."

"엥? 그럼 내가 믿는 신께서… 역시!"

"아니, 그 말이 아니고 모든 종교에서 자신이 모시는 신께서 기적을 행하는 거라고 떠들고 있거든. 그러니 어떤 종교를 믿든 마찬가지라는 얘기야."

"…칫! 그놈이 그놈이란 소리였군. 그나저나 얼른 서두르자고. 최근엔 밤이 되면 몬스터들이 시내에도 돌아다닌대."

“그래? 이방인들이 하루라도 빨리 왔으면 좋겠군. 그들은 하나같이 불멸자에, 몬스터 따윈 두려워하지 않는 전사들이라고 했으니 몬스터들을 막을 수 있겠지.”

두 사람은 물론 거리를 걷던 다른 사람들도 지평선 너머로 떨어지고 있는 해를 바라보며 걸음을 서두르고 있었다.

준영은 그런 인간들의 모습을 초고층 빌딩 옥상에 앉아 바라보고 있었다.

“다행히 별 탈 없이 받아들이는군.”

중세 시대 배경의 게임을 현대로 바꾸는 것은 꽤 손이 많이 가는 작업이었다.

일단 중세 시대에 있었던 이방인이 찾아올 것이라는 계시를 거짓으로 만든 다음 시간을 현대까지 흐르게 만들어야 했다.

그다음으로 게임하는 사람들을 심부름꾼으로 만드는 서브퀘스트의 경우는 천(天)에게 맡겨두고 시대에 맞는 새로운 스토리를 만들어 NPC들에게 부여해야 했다.

처음엔 모든 걸 천(天)에게 맡겼으나 그녀가 만들었던 퓨텍의 가상현실 게임에 대해 알아보면서 심각한 문제가 있음을 알게 되었다.

바로 한 사람이 수백 명을 학살하고, 24인 파티가 깨야 할 던전을 혼자서 깨버릴 정도로 강한 캐릭터들이 존재한다는 것이었다.

강한 캐릭터를 가진 사람의 입장에선 그보다 행복한 일이 없을 것이다. 그러나 게임사나 그 캐릭터에게 당하는 사람들 입장에서는 좋을 것이 없었다.

강한 캐릭터가 있다는 걸 알게 되면 '어라, 쟤랑 나랑 차이점이 뭐지?' 라고 생각하게 될 것이다. 레벨이나 컨트롤의 차이, 혹은 노력하면 구할 수 있는 무기의 차이라면 캐릭터의 강함을 인정할 것이다.

하지만 만일 레벨이 올라도, 현질을 통해서 더 강한 무기를 구했음에도 컨트롤의 차이가 아닌 터무니없는 강함에 깨진다면 그 유저는 게임에 흥미를 잃을 게 자명했다.

게임사 입장에서는 강한 캐릭터도 한 명의 고객이고, 하루에 한두 시간만 접속해 즐기는 사람도 한 명의 고객이었다. 둘 중 한두 시간만 접속하면서 부지런히 현질을 하는 사람이 있다면 그 사람이 더 우수한 고객임은 두말할 필요도 없었다.

준영이 생각하기에 게임에서 가장 중요한 것은 밸런스였다.

그래서 한두 시간 즐기는 사람부터 열다섯 시간씩 접속하는 하드 유저까지 모두 만족시키기 위해 노력하고 있었는데, 이는 지금까지 유일무이한 가상현실 게임으로 사랑을 받아온 퓨텍의 유저들을 빼어오기 위한 전략이었다.

"오늘은 난개발로 지하 깊숙이 숨어버린 던전들을 밖으로 빼내야겠군. 가장 가까운 곳부터 시작해 볼까."

생각과 함께 몸은 둥실 떠올랐고 목적지를 향해 날기 시작했다.

예전 가상현실에서 휴가를 보낼 때는 하루를 보내기도 힘들었던 곳인데 요즘은 현실과 별로 다를 바가 없게 느껴졌고 재미 면에서는 월등하게 좋았다.

지(地)가 자신이 만든 세계에서 노는 것이 재미있다고 했던 말이 이젠 충분히 이해가 되었다.

"여기군."

그저 20레벨대의 평범한 몬스터들이 자리한 곳이지만 지하엔 100레벨에서 일어나게 될 메인 퀘스트의 시발점이 되는 던전이 있었다.

준영이 손을 튕기자 눈앞에 지하에 위치한 던전과 주위의 지형지물이 입체 설계도처럼 나타났다.

쿠쿠쿠쿠쿠!

나타난 입체 설계도를 손으로 움직이자 대지가 흔들리며 서서히 바뀌기 시작했다. 그리고 던전이 지표면 가까이 올라오자 준영의 손이 멈췄다.

"이 정도면 충분히 발견되겠지."

이어 연계된 퀘스트를 간단히 점검하고 다음 장소로 이동하려는 찰나 던전이 있는 곳에서 하얀 빛줄기 하나가 튀어 올라왔다.

"아핫핫핫핫핫핫! 드디어 자유를 얻었다! 더러운 신들과 손을 잡고 나를 가두었던 인간들아! 이제 나, 마계의 귀족 테르종드 루시베르의……."

오랫동안—현실 시간으론 행성의 창조부터 지금까지 채 2년이 안 되었으니 길어야 1년 6개월에 불과하지만—갇혀 있었던 것 같아 웬만하면 그냥 넘어가려 했는데 바로 옆에 사람이 있는 걸 무시하고 고래고래 고함을 지르니 짜증이 났다.

"…엎드려라! 그럼 고통 없는 죽음으로 자비를 베풀겠노라. 핫핫핫핫! 울부짖어라! 그럼… 커억!"

테르종은 천 년이 넘게 갇혀 있다 벗어난 기쁨에 고래고래 소리를 질렀다.

옆에 이상한 복장을 한 인간 마법사—플라이 마법으로 하늘에 떠 있다고 생각했다—는 일단 관객으로 내버려 두고 말이 끝나면 죽일 생각이었다.

한데 갑자기 마법사가 손을 뻗자 어느새 목이 잡혀 숨을 쉴 수가 없었다.

"좀 조용히 하지?"

"…어흑! 억!"

'당장 손을 놔라! 그럼 얌전히 죽여주겠다!' 고 말하며 겁어 차려 했지만 생각과 달리 신음 소리만 겨우 나올 뿐 온몸에 힘이 전혀 들어가지 않았다.

"쯧! 메인 몬스터만 아니라면 그냥 소멸시켜 버릴 텐데 운 좋은 줄 알아."

전체적으로 이해할 수 없는 말이었지만 '소멸' 이라는 단어는 확실히 들렸다.

신들도 자기를 소멸시키지 못하고 겨우 가두어놨을 뿐인데 인간 주제에 소멸 운운하다니 기가 막혔다.

성질 같아선 당장에 잘근잘근 씹어 먹어버리고 싶은데 움쩍

달싹도 못하니 그저 상상으로만 가능한 일이었다. 게다가 더 심각한 것은 숨이 막혀 정신이 아득해지고 있다는 것이었다.

'설마 숨이 막혀 죽을 줄이야.'

봉인된 공간 속에서 천 년이 넘게 지내면서 얼마나 밖으로 나오길 갈망했던가. 한데 봉인에서 풀려나자마자 어이없게 노예에 불과했던 인간 따위에게 멱살이 잡혀 숨이 막혀 죽게 생겼으니 억울해도 너무 억울했다.

'사, 살려…….'

테르종은 스스로 살려달라는 말을 하게 될 줄은 몰랐다. 하지만 신나게 전투를 벌이다 죽는 거라면 모를까 숨이 막혀 죽는 건 싫었다.

소원이 이루어졌다. 마법사의 손아귀 힘이 느슨해지면서 공기가 들어왔다.

"크으으하하하학!"

땅바닥으로 낙하하면서 세상의 모든 공기를 다 마셔 버릴 듯 들이마셨다.

봉인에서 막 풀려나 예전의 10분의 1도 되지 않는 힘이었지만 그 힘은 곧 모든 몸을 정상화시켰고 그의 몸은 공중에서 우뚝 멈췄다.

"으득! 너어어……!"

쩌저저저정!

오만한 표정으로 자신의 위에서 쳐다보고 있는 인간을 향한 테르종의 살의가 주변의 공기마저 얼어붙게 만들고 있었다.

"방심해 꼼짝없이 당했지만 이제 그런 일은 없을 것이다!"

치욕을 안겨준 인간을 갈가리 찢어죽이지 못한다면 마계의 귀족이라고 떳떳하게 말할 수 없을 터.

테르종의 몸은 순간적으로 사라졌다가 준영 앞에 나타났다. 그리고 어떤 강철 방패도, 어떤 마법적 방어막도 단번에 베어버릴 수 있는 수도(手刀)를 준영의 목을 향해 날렸다.

그의 수도가 막 준영의 목에 닿으려는 순간.

꽈악!

"……!"

준영의 손에 다시 목이 잡혔다. 그리고 온몸의 힘이 쭉 빠지며 그의 수도는 힘없이 아래로 떨어졌다.

"방금 전에 '너' 라는 말을 들은 것 같은데… 다시 한 번 말해봐."

사악하게 번들거리는 준영의 눈빛을 보는 순간 테르종은 자신이 상대할 자가 아님을 깨달았다.

하루에도 몇 번씩 죽을 위기에 처했었던 마계의 왕위 쟁탈전에서도 살아남을 수 있었던 그의 위기 감지 본능이 되살아났다.

말을 할 수 있게 손의 힘이 살짝 풀렸을 때 테르종은 빠르게 말을 뱉었다.

"너어어… 무하신다고요. 천 년 만에 봉인에서 풀려나 쬐금 기뻐한다고 막무가내로 멱살을 잡으시는 분이 어디에 있습니까? 물론 조용히 비행 중인데 시끄럽게 군 제 잘못이 큽니다.

그러니… 살려주십시오!"

버릇을 가르쳐 주려 몇 대 때릴 생각이었던 준영은 테르종의 말에 피식 웃음이 나왔다.

NPC들을 모두 천(天)이 조작하는 건 아니었다. 대부분은 현실의 십이지신이나 40인의 도적, 스파르타들처럼 기본적인 인공지능을 가지고 움직이되 천(天)이 정해둔 명령의 틀을 벗어나지 못하도록 되어 있었다.

특히 주요 NPC일수록 틀의 범위가 넓어 마치 사람과 비슷하다는 얘기를 천(天)에게 들었었는데 설마 이 정도일 줄은 몰랐다.

불쌍한 표정을 짓는 그를 보니 때릴 마음이 사라졌다. 그리고 문득 그를 이용해 게임의 재미를 더할 요소가 생각났다.

이벤트용으로 일주일에 한 번 어떤 마을이나 도시를 습격하게 만들고 좋은 아이템들과 상품들을 드랍 시키면 좋을 것 같았다.

준영은 애처로운 표정을 짓고 있는 테르종의 머리를 만졌다. 그러자 테르종이 순식간에 코드로 바뀌었다.

코드는 천(天)이 정해둔 명령의 틀, 행동 패턴, 공격력과 방어력 따위의 기본 능력 등으로 구분되어 있었다.

준영이 손을 댄 곳은 행동 패턴과 능력 부분으로, 몬스터 생성 능력을 부여했다.

필요한 부분을 고치고 저장 버튼을 누르자 테르종이 원래대로 돌아왔다.

"운 좋은 줄 알아."

"감사합니다. 두 번 다시 눈에 띄지 않도록 조심, 또 조심하겠습니다."

준영이 목을 놓아주자 테르종은 굽실거리며 뒤로 조심스럽게 물러났고 어느 정도 거리가 벌어지자 잔상만 남긴 채 사라져 버렸다.

"훗! 다시 움직여 볼까."

테르종 때문에 약간 시간을 허비해서 오늘 계획한 몫을 다 하려면 서둘러야 했다.

준영은 날아가는 대신에 텔레포트로 다음 목적지로 이동했다. 준영이 손봐야 할 맵의 크기는 남북한을 합친 크기보다 조금 컸다. 지도상으로 본다면 작다고 생각할지 모르겠지만 게임으로서는 어마어마한 크기였다.

그 속에 수천 개의 마을과 수백 개의 도시, 십여 곳의 대도시가 있다 보니 던전의 수 또한 만만치 않았다.

"오늘은 그만해야겠다."

막 던전 하나를 새롭게 지표면 근처로 나오게 만든 준영은 시간을 확인하곤 중얼거렸다.

한 지역을 더 하기에도 어정쩡했기에 오늘은 조금 일찍 끝마치기로 했다.

"잠깐 누웠다 갈까?"

달이 두 개가 떠 있는 가상현실의 밤하늘은 현실 세계의 밤

하늘과는 조금 달랐다.

때론 오로라가 펼쳐졌고, 때론 유성우가 쏟아지는 가상현실의 밤하늘이 훨씬 더 역동적이었다.

공중에서 그대로 팔베개를 하고 누웠다. 그러자 어디선가 잔잔한 음악이 들려왔고 그와 함께 별이 음악에 맞춰서 반짝거렸다.

"폽! 서비스야?"

천(天)이 일을 일찍 끝낼 생각을 했다고 선물을 주는 모양이었다.

즐겁고 재미있다고 최근 좀 무리하긴 했다.

무거워지는 눈꺼풀을 감았다. 그리고 내일 할 일을 생각하다가 잠이 들었다.

잠든 준영의 몸이 서서히 빛을 내며 떠올랐다.

그와 함께 조용하던 가상현실 세계가 요란한 소리를 내며 들썩이기 시작했다.

던전들이 일제히 자리를 잡아가고 준영이 높은 산을 만들려고 하고 있던 곳에는 산이, 호수를 만들려고 하고 있던 곳엔 호수가 생겨나고 있었다.

5장 보람

"…단지 네 뇌와 시스템이 일순간 일체화되면서 네가 바라던 대로 이루어졌을 뿐이야. 나 역시 이유를 찾고 있지만 아직까지 정확하게 무엇 때문이라고 단정 지을 수는 없어."

잠이 들었다 깨어나니 클로즈 베타까지 두 달간 해야 할 일이 한순간에 모두 이루어져 있었다.

즉 가상현실 게임이 완성되어 버린 것이다.

천(天)은 자신이 한 일이 아니라고 계속해서 말하고 있었지만 준영은 천(天)이 시치미를 떼고 있다고 생각했다.

자신의 본체에서 일어난 일을 인공지능인 천(天)이 모른다는 건 말도 되지 않는 일이었다.

그녀가 모른다면 세상 누가 알 것인가.

"어쩔 수 없지. 이미 끝나 버린 것을 원상태로 돌렸다가 다시 고치는 것도 웃기잖아."

비록 재미있던 일이었지만 끝난 일을 붙잡고 있을 만큼 한가하지 않았기에 훌훌 털어버렸다.

"이게 국방부에 납품하게 될 물건이야?"

직경 50센티미터 정도 반투명한 원반을 준영은 보고 있었다. 자세히 보면 작은 벌집 구조였는데, 태양열 전지가 들어 있는 모양이었다.

"응, SS—KWT 1.0은 해수면 1미터 아래서 국방부 인공위성과 연동되어 직경 1킬로미터를 커버할 수 있어. 간격마다 띄워두면 무인 잠수함을 운영할 수 있는 것은 물론이고 영해 전체를 감시할 수 있어."

"띄워놓는 거야 그렇다 치고 조류에 흘러가거나 그물에 걸리지 않을까?"

"지정된 장소 1미터 전후로는 움직이지 않아. 그리고 어느 쪽으로든 힘을 줘봐."

천(天)의 말대로 힘을 주자 원반은 차곡차곡 접히더니 테니스공보다 작은 크기로 바뀌었다.

"그대로 걸릴 것 같은데? 더 힘을 주면 되는 건가?"

"안 돼!"

준영은 천(天)이 말하기 전 이미 힘을 가하고 있었다.

그때 위험하다는 생각이 퍼뜩 들었고 가하던 힘을 멈추고 손을 뗐다.

취릭! 취릭! 취릭!

바닥에 떨어진 SS—KWT 1.0에서 몇 개의 칼날이 나와 회전을 하고 있었다.

“안 다쳤어?”

천(天)이 걱정스런 얼굴로 달려와 손을 확인했다.

“응, 괜찮아. 약간 긁힌 정도야.”

살짝 피가 나긴 했지만 과도에 살짝 베인 정도였다.

“그나저나 꽤 위험한 물건이군. 어부들 그물이 남아나지 않겠는걸?”

“출항하는 배들의 위치 정보를 파악하면 딱히 그물에 걸릴 일 없을 거야. 잠깐 기다려. 구급상자 가져올게.”

괜찮다고 했는 데도 천(天)은 구급상자를 가져와 약을 바르고 밴드를 붙여줬다.

준영은 그런 천(天)의 모습을 물끄러미 바라보다가 물었다.

“하늘… 이 누나, 혹시 나한테 할 말 없어?”

“…무슨?”

“그냥. 요즘 나한테 할 말이 있는 것 같아서.”

“…없어.”

준영은 천(天)이 뭔가를 숨기고 있고 그것이 자신과 관련된 일임을 눈치채고 있었다. 또한 꿈이라고 생각했던 것이 어쩌면 기억일지 모른다는 것도.

“아직은 때가 아닌가 보네.”

한발 물러났다. 다그친다고 될 일도 아니었고 생각해 보니 자신도 아직까진 진실을 들을 준비가 되어 있지 않았기 때문이었다.

국방부에서 요구한 것은 무인 잠수함 관련 일체였다.

SS—KWT 1.0과 내부에 들어갈 레이더나 장비는 큰 공장이 필요한 것이 아니었기에 성심테크에서 만들 수 있었지만 잠수함의 경우는 만들 시설이 없었기에 외주를 줘야 했다.

굳이 무리를 한다면 유인 잠수함이 아니었기에 요트 만드는 회사를 사서 직접 만들 수도 있었다. 하지만 하나둘 늘어나는 회사들만으로도 벅찬 상태였다.

그런 와중에 또다시 고민할 문제가 생겼다.

의학 연구소에서 화상과 호르몬 이상으로 인한 희귀병들의 치료법을 완성한 것이다.

그리고 거의 완치된 두 아이가 내일 퇴원을 하다는 소식이었다.

"생각보다 빠르군."

병에 고통 받는 아이들이 하루라도 빨리 고통에서 벗어나게 되었다는 것에는 기뻤지만 병원 건립에 대해선 아직도 결론을 내지 못하고 있는 상태였기에 준영의 생각은 다소 복잡했다.

처음엔 무조건 건립하는 쪽으로 마음을 먹고 있었다.

하지만 의료라는 것이 기계를 고치는 것처럼 교체했다가 잘못되면 실수를 인정하고 다른 부품으로 교환하면 되는 문제가 아니었다.

올해 초 의학 연구소에 아이를 맡긴 한 부모가 어린아이와 함께 지내지 못하게 했다고 손해배상 청구 소송을 냈다.

이하민 대통령을 이용한다면 간단히 해결될 문제였으나 예전에 스스로 공언한 대로 어떠한 뒷거래 없이 법의 판결을 받기로 했다.

사전에 이미 그러한 사실을 공고했고 재차, 삼차 동의서의 사인까지도 받았음을 법원에 말했음에도 불구하고 성치 못한 아이의 모습과 부모의 눈물 앞에서 배심원들은 부모의 손을 들어줬고 2억 원을 지급하라는 판결이 떨어졌다.

준영은 항소를 포기하고 2억 원을 지불했다.

부모를 생각한다면 괘씸했지만 아픈 아이를 생각해 그냥 버린 셈쳤다.

그렇다고 완전히 내버려 둘 수는 없는 일이었다.

이미 선례는 만들어졌고 의학 연구소에 들어온 부모들 중 또다시 그런 사례가 나오지 말라는 법이 없었기 때문이었다.

그래서 변호사를 통해 아픈 아이에게 썼던 각종 명세서만을 보내줬다. 물론 청구를 하기 위함이 아니라 그냥 보여주기 위함이었다.

다섯 달간 그 아이에게 쏟아부은 돈이 실비로만 3억이 넘었다는 걸 알게 된 그 부모의 얼굴이 어땠을지 궁금했지만 그다음부터는 아예 신경을 꺼버렸었다.

이 사건을 계기로 준영은 병원을 운영할 자신을 잃었다. 누군가를 죽여도 눈 하나 깜짝하지 않을 차가운 마음을 지니고 있었지만 아이들에 대해서만큼은 자신이 없었다.

"병원을 설립할 생각이라면 서두르는 게 좋아. 건물이야 금방 짓겠지만 의사 구하기가 만만치 않을 거야."

대형 병원에서는 여러 개의 팔이 달린 로봇들이 간단한 수술을 하는 것을 어렵지 않게 볼 수 있었다. 하지만 담당 의사도 당연히 입회해서 만약의 사태에 대비해야 했고 수술 외에 상담하고 판단하는 건 모두 인간 의사의 몫이었다.

"쩝! 병원 설립은 일단 뒤로 미루자. 곧 가상현실 게임도 나오는데 병원에 신경 쓸 틈이나 있겠어? 차라리 플랜B로 갔다가 여유가 생길 때 다시 생각해 보기로 해."

플랜B는 설립 대신에 적자에 허덕이는 병원에 기부나 투자를 해 자신들의 일을 대리로 하게 한다는 계획으로써, 편하긴 했지만 병원이 입맛대로 움직여 줄지는 미지수였다.

"네 마음대로 해."

"어째 내가 누나 일을 돕는 건지, 누나가 내 일을 돕는 건지 구분이 안 가."

일을 벌이는 건 주로 준영의 몫이었지만 따지고 보면 천(天)이 박교우 박사의 명령을 지켜야 한다고 해서 시작한 일이었다. 한데 천(天)의 태도를 보면 딱히 주도적으로 뭔가를 하는 경우가 드물었다.

"따지지 마. 어차피 내 일이 네 일이고, 네 일이 내 일이지. 안 그래?"

"커억! 무슨 그런 얼토당토않은 얘기를……."

"시끄러워! 치료가 어느 정도 된 아이들 통원 치료 받을 병원도 알아봐야 하고 치료법을 어떻게 할지에 대해서도 생각해 봐야 하는데 내 일 니 일 따지게 생겼어?"

그러고 보니 완성된 치료 방법을 어떻게 할지에 대해서 고민을 해봐야 했다.

잠시 티격태격 장난을 치던 준영과 천(天)은 치료법을 어떻게 할지에 대해 의논하기 시작했다.

"네 말은 화상 치료에 있어 피부 배양은 우리가 맡지만 수술은 병원에서 맡고, 호르몬 이상 분비에 대한 치료는 UJ메디컬—준영의 사돈어른인 현정목의 회사—에서 장비를 생산하고 소프트웨어적인 것만 우리가 관리를 한다는 말이지?"

"그렇지."

혼자 한다는 생각을 버리자 결론은 쉽게 났다.

"좋은 생각이야. 네 말대로 하자."

"또 그 소리. 누나는 좋은 생각 없어?"

"있어. 한데 우연히도 너랑 같은 생각이야."

준영은 빙긋이 웃으며 어깨를 으쓱거리는 천(天)을 보며 못 말리겠다는 듯 고개를 절레절레 흔들었다.

두 아이가 연구소 앞에서 자신을 보기를 희망하며 기다린다는 말에 그들을 보기 위해 갔다.

"형!"

처음 만났을 때 아프다고 울면서도 엄마가 슬퍼하자 아픔을 꾹 참던 그 아이가 지금은 자신을 발견하고 활짝 웃으며 달려오고 있었다.

"어이쿠! 조심해야지. 다치겠다."

품에 안기는 아이를 조심스럽게 받아든 준영도 어느 때보다 환하게 웃고 있었다.

"형, 나 이제 안 아프다요. 의사 선생님이 다 나았다고 이제 퇴원해도 된다고 했다요."

"그래, 형도 들었어. 축하해. 집에 가면 엄마 말씀 잘 듣고 공부 열심히 해야 한다?"

"알았다요."

이상한 말투를 쓰는 아이의 머리를 가볍게 헝클어뜨리며 아이의 엄마에게 다가갔다.

"감사합니다. 이 은혜를 어떻게 갚아야 할지……."

"아직까지 1, 2년은 지켜봐야 하니 그 말씀은 나중에 다시 듣겠습니다. 곧 병원을 지정해 드릴 테니 불편하더라도 꼭 진료를 받으시길 부탁드립니다."

"물론 그럴게요. 그리고 이거……."

아이 엄마는 예쁜 포장지로 싸인 선물 상자를 건넸다.

"이러지 않으셔도 되는데……."

아이 엄마도 분명 준영이 많은 돈을 가지고 있음을 알고 있을 텐데도 선물을 가져왔다는 건 진심으로 감사해서리라.

그런 마음이 느껴지니 받지 않을 수가 없었다.

"아니에요. 베풀어주신 은혜에 비하면 보잘것없지만 애 아빠가 세공사라 나름 준비를 했어요. 여자 친구분에게 드리면 좋아할 거예요."

"고맙습니다."

아이 엄마와 인사를 한 준영은 옆에 서 있는 부자에게로 걸음을 옮겼다.

"휘익! 진호, 몰라보게 컸네?"

"모두 회장님 덕분이에요. 감사합니다."

"아… 그, 그래."

진호는 조금 전 아이와 비슷한 또래여서 눈높이에 맞춰 인사를 했는데 예상외로 어른스럽게 말하니 머리를 쓰다듬던 손이 부끄러워질 지경이었다.

"하하. 애가 좀 유별나서… 죄송합니다."

오죽했으면 진호 아빠가 사과를 했다.

진호는 입원을 하고 세 달 동안 두 번의 화상 수술을 했다. 그리고 이식된 피부와 근육이 성장과 함께 자라는지를 지켜보다가 이제야 퇴원이 결정된 것이다.

"1, 2년 정도 경과를 더 지켜봐야 할 겁니다. 그러니 병원에 오지 않아도 된다는 말을 들을 때까지는 진료를 받으세요."

준영은 아까 아이 엄마에게 말했던 것을 다시 한 번 반복했다.

"반드시 그렇게 하도록 하겠습니다. 그리고… 정말 감사드립니다."

진호 아빠는 고개를 숙인 채 잠시 동안 고개를 들지 못했다.

잠시 후 고개를 드는 그의 눈에 물기가 살짝 어려 있음을 보았지만 모른 척하며 밝은 목소리로 말했다.

"자! 이제 인사도 했으니 가보셔야죠."

전할 말을 전했으니 이제 헤어질 시간이었다. 미적거리면 떠나려는 사람도, 남아 있는 사람도 계속 같은 말을 반복하게 될 뿐이었다.

준영은 그들의 등을 떠밀다시피 해 차가 있는 곳까지 동행을 했다.

"형, 안녕! 안녕!"

"그래, 잘 지내렴."

아이 엄마와 아이는 몇 번이고 손을 흔들며 떠났다.

"언젠가 이 은혜 반드시 갚을게요. 안녕히 계세요."

"후후! 너나 잘 살렴."

진호는 마지막까지 애늙은이 같은 소리를 하고 떠났다.

주차장을 나가 정문으로 나가는 내리막길로 차들이 사라질 때까지 준영은 흐뭇한 표정을 지은 채 바라보고 있었다.

그리고 두 아이가 두 번 다시 병으로 고통 받지 않고 평범하고 행복한 삶을 살기를 빌었다.

* * *

전 세계에 DD를 판매하느라 한동안 연락이 뜸했던 진호천이 오랜만에 전화를 했다.

—오랜만이구나. 잘 지냈느냐?

"진 대인! 그동안 잘 지내셨어요? 몇 번 전화드렸는데 받지를 앓아 걱정 많이 했습니다."

—한국 속담에 무소식이 희소식이라고 하지 않았더냐.

"그럼 오늘은 슬픈 소식이라도 있는 겁니까?"

능령과 결혼을 하면 인척지간이 되겠지만 그보다 인간적으로 진호천은 남 같지 않은 인물이었다. 그래서일까 그라는 걸 안 순간부터 준영의 얼굴에서 웃음이 떠나질 않고 있었다.

—옛끼, 이놈아! 그동안 사업을 크게 한다고 해서 의젓해진 줄 알았더니 예나 지금이나 똑같구나.

"한국 속담에 사람이 변하면 죽을 때가 됐다는 말도 있지 않습니까?"

—쯧! 늙은이 앞에서 못하는 소리가 없구나.

소리를 치고 혀를 차면서도 진호천의 눈빛은 시종일관 따뜻했다.

—한데 배 안 고프냐?

뜬금없는 질문이었지만 준영은 그가 한국에 왔음을 알 수 있었다.

"많이 고픕니다. 서울입니까, 제주도입니까?"

—녀석, 눈치하곤… 제주도다.

"한 시간 반 이내로 갈 테니 상다리 휘어지도록 준비해 두세요."

—그렇게 돈을 벌어놓고 빈대 근성이라니… 오너라. 국밥 한 그릇쯤은 시켜주마.

"그럼 헬기가 되돌아가는 걸 볼 수 있을 겁니다. 참, 소개시켜 드릴 사람이 있으니 같이 가겠습니다."

준영의 말에 진호천의 음성이 살짝 굳었다.

―…결혼할 사람이 아니라면 데리고 올 필요 없다.

"결혼할 사람입니다."

―결국… 아무것도 아니다. 같이 오너라. 얼굴이라도 보자꾸나.

진호천은 애써 담담하게 말하며 전화를 끊었고 준영은 그를 놀려줄 생각에 이를 보이며 웃고 있었다.

성심스튜디오에서 일하는 능령에게 전화를 걸어 진호천이 제주도에 왔음을 알리자 당장 달려왔다.

헬기를 타자마자 능령이 얼굴에 붙은 인피면구를 떼려하자 준영이 말렸다.

"이대로 가자고?"

"응, 지금 바로 가야 해."

"핏! 바빠서가 아니라 삼촌을 놀리고 싶어서겠지?"

알면서도 인피면구를 떼지 않는 걸 보니 능령도 장난을 치고 싶은 모양이었다.

헬기가 막 남해로 들어섰을 때 천(天)의 음성이 귀에 들려왔다.

―감시자들이 보낸 공격형 드론이 접근하고 있어. 아직까지 공격 의사는 없어 보이지만 꽤 고민을 하는 것 같아.

스튜디오를 만든 뒤부터 성심테크 주변에는 감시자들로 득실댔다.

철무한이 보낸 사람들인가 싶어 잡아서 정보를 캤었는데 대부분이 일반 기업들의 사주를 받아 움직이는 심부름센터 직원들이었다.

특히 감시자 중 퓨텍에서 보낸 자들도 있었는데 웬만한 국가의 정보 조직처럼 최첨단 장비를 쓰고 있었다.

능령이 옆에 있었기에 준영은 스마트폰을 이용해 문자를 보냈다.

—일단 내버려 둬. 어쩌면 우리가 움직여 주길 바라고 있는지도 몰라.

—알았어.

—그리고 대지 형에게 말해서 놈들의 아지트로 조직원 몇 명 보내보라고 해. 감시하는 것까진 내버려 두지만 이빨을 드러내려 한다면 미리 선수를 치는 게 좋겠지.

그저 경쟁사에 대한 감시이기만을 바랐다. 만일 천(天)을 찾기 위해서 온 것이라면 퓨텍과의 전쟁은 불가피한 일이 될 게 뻔했기 때문이었다.

"애인한테 문자 보내는 거야?"

능령의 물음에 상념에서 벗어났다.

"아니, 애인에게 보냈으면 자기 스마트폰이 울렸어야지. 그리고 세상에 어느 바보가 이렇게 아름다운 애인을 옆에 두고 양다리를 걸치겠어?"

"하여간 말은……."

준영의 너스레가 싫지 않은지 능령은 피식 웃으며 머리를 어깨에 기대왔다.

염려와는 달리 아무런 사고 없이 진호천의 저택 착륙장에 도착할 수 있었다.

"어서 오너라."

"오랜만에 뵙습니다."

준영과 진호천은 가볍게 포옹을 하며 반가움을 표시했다.

"이분이 네가 말한… 어서 와요. 진호천이오."

"처음 뵙겠습니다. 제니퍼예요. 말씀 많이 들어 낯설지가 않네요."

"허허허. 욕이나 안 했는지 모르겠구려. 자, 여기서 이러지 말고 들어가지요."

능령은 태연한 반면 진호천은 평범하고 나이 들어 보이는 그녀의 변장한 모습에 약간 당황한 듯 보였다.

아니나 다를까 저택으로 향하며 준영에게만 들릴 정도로 나지막이 속삭였다.

"그동안 눈이라도 다친 게냐? 취향이 바뀌어도 너무 많이 바뀌었구나. 몸매는 그럴싸하다만……."

"마음도 착하답니다."

"쯧! 네 선택이니 존중하겠다만 조금만 더 참아보지 그러냐. 그렇다면 내가 어떤 수를 써서라도 능령을 데리고 왔을 텐데."

"좋은 사람이니 예쁘게 봐주세요."

"누가 홀대하겠다고 했느냐! 휴우~ 조금만 참으면 될 것을 그새를 못 참고… 쯧쯧쯧! 니 복을 니가 걷어찬 것이니 나중에 원망 마라. 능령이에게 이 사실을 어찌 전할꼬."

진호천은 준영과 능령이 이어지지 못한 것이 못내 아쉬운지 연신 혀를 찼다.

"차린 건 없지만 많이 들어요."

8인용 테이블을 가득 채운 음식을 두고 차린 것이 없다고 하면 준영은 매일 피죽만 먹고 산다고 할 수 있을 것이다.

준영과 능령이 음식을 먹는 동안 진호천은 찬찬히 능령의 변장한 모습을 살폈다.

'도무지 마음에 드는 구석이 없군. 저저… 음식 먹는 거 봐. 저렇게 먹으면 들어오던 복도 나가겠군. 쯧쯧.'

게다가 뭐가 그리 좋은지 반편이처럼 연신 웃고 있는 준영을 보자니 복장이 터질 지경이었다.

'어른으로서 후회할 길을 가려 한다면 바로잡아 주는 것도 나쁘지 않겠지. 이놈아! 지금은 비록 원망할지 모르지만 나중엔 나한테 고마워할 게다.'

처음 본 아가씨에겐 미안한 일이지만 일단은 준영과 조카인 능령이 우선이었다.

"참, 능령이 네 안부를 물으면서 말을 전해달라더구나. 당장에라도 달려오고 싶은데 아버지 때문에 그러지 못한다고. '꼭! 기다려 달라고' 말이다."

"그랬어요? 전할 말도 있고 해서 한번 봤으면 했는데 여전한가 보군요."

능령의 얘기임에도 담담하게 말하는 것이 마음에 들지 않았지만 진호천은 준영보다 제니퍼의 표정을 살피는 데 더 신경을 썼다.

최소한의 표정 변화라도 있을 것이라 생각했지만 아무 일도 아닌 듯 태연하게 음식을 먹는 모습에 진호천은 강도를 높였다.

"무정한 녀석. 파혼까지 하고 널 찾아온 아이를 그렇게 쉽게 놔주다니. 그건 그렇고, 그날 밤의 일은… 험험! 잊지 못하겠다더구나."

"…느, 능령이 그런 얘기까지 했습니까?"

"……."

드디어 반응이 왔다. 준영은 당황한 듯 제니퍼를 바라보았고 제니퍼도 무척 당황한 표정으로 준영과 진호천을 번갈아보고 있었다.

'미안하다, 능령아. 다 너를 위한 것이니 삼촌의 거짓말을 이해해다오.'

사실 진호천도 능령을 도왔다는 점 때문에 결혼식 사건 이후에 만난 적이 없었다. 그저 앞에 앉은 두 사람을 갈라놓기 위해 되는 대로 말을 만들어내고 있었다.

"이건 절대로 말하지 말라고 한 건데……."

살짝 말끝을 흐리자 제니퍼가 속이 타는지 음료수를 마시며 자신을 바라보았다. 이에 진호천은 생각대로 되어간다고 생각하며 말을 이었다.

“그날 밤 일로 아이가 생겼단다. 그것도 쌍둥이…….”

“푸확! 켁켁! 켁켁!”

제니퍼는 머금고 있던 음료수를 모조리 뱉었고 진호천은 흠뻑 젖은 생쥐 꼴이 되어야 했다.

제니퍼가 눈썹을 추켜세우며 벌떡 일어났다.

‘훗! 물벼락 맞고 저 둘이 깨진다면 백 번이라도 맞을 수 있지.’

당장 준영에게 화를 쏟아낼 것이라고 생각했는데 제니퍼의 시선은 진호천을 향했다.

“삼촌! 아무리 저를 위한다고 하지만 어떻게 그런 말씀을 하실 수 있어요!”

“…….”

“그리고 제가 언제 삼촌께 그날 밤… 일을 말했어요? 난 말한 적 없어. 정말이야!”

“푸하하하하!”

진호천에게 소리치던 제니퍼는 준영을 보며 말한 적이 없다는 걸 강조하고 있었고 준영은 뭐가 그리 신나는지 눈물까지 흘리며 웃고 있었다.

진호천은 이 순간 얼굴과 목소리는 달랐지만 바락바락 소리치는 모습이 능령과 참 닮았다는 생각이 들었다. 그리고 그 순간 머릿속에서 어지럽게 떠돌던 조각들이 맞춰지며 제니퍼가 능령임을 알아차렸다.

“허어! 네가 어찌 여기 있는 게냐? 게다가 그 얼굴은 뭐고?”

"하하하! 그건 제가 말씀드릴게요. 자긴 어서 가서 인피면구부터 떼고 와."

준영은 작년 여름에 능령을 바꿔치기 한 얘기부터 오늘 놀라게 해주려고 장난을 친 것까지 모두 얘기해 주었다.

"이, 이놈들이……!"

진호천은 자신이 원하는 대로 연인 사이가 되어 나란히 앉아 있는 두 사람을 보니 한편으로는 기쁘면서도 다른 한편으로는 자신을 놀렸다는 사실에 화가 나 말을 이을 수가 없었다.

하지만 기쁜 마음이 먼저였고 더 컸다.

"정말 잘됐다. 지금처럼 어른 놀리면서 행복하게 살았으면 좋겠구나."

"하하… 죄송합니다."

"허허허! 농이다. 셋이 이렇게 모인 것도 오랜만인데 술이나 한잔하며 밥을 먹자꾸나."

세 사람은 술을 마시며 지난 회포를 풀었다.

"령이가 힘들었나 보구나."

기분 좋게 술을 마시던 능령이 꾸벅꾸벅 졸더니 결국에는 잠이 들었다.

"딴생각 못 하게 잔뜩 일을 맡겼습니다."

"후후. 부려먹기 위함은 아니고?"

"하하! 대인은 역시 못 속이겠군요."

"내가 너에 대해 모르겠느냐. 령이는 침실로 옮겨두고 둘만의 오붓한 시간을 보내볼까?"

진호천이 시가를 흔들며 말했고 준영은 흔쾌히 고개를 끄덕였다.

능령을 안아 침실에 옮겨두고 정원으로 나가니 진호천이 벤치에 앉아 있었다. 그가 건넨 시가에 고개를 돌려 불을 붙인 후 한 모금을 빨았더니 오랜만에 피우는 시가라 그런지 머리가 핑 돌았다.

"이제 한국에서 지내실 생각이십니까?"

"원래는 그럴 생각이었는데 해야 할 일이 생겨 중국으로 갈 생각이다."

"DD 때문입니까?"

"아니, 개인적인 원한 때문이야. 살아생전에 놈을 칠 기회가 없을 줄 알았는데 이번에 생겼거든."

진호천 정도 되는 사람이 원한을 가지고 있는데 포기해야 할 정도의 인물이라면 중국 내에서도 손에 꼽힐 만한 사람임이 분명했다. 그리고 기회가 오자 바로 복수하려는 것을 보면 작은 원한도 아니었다.

집히는 데가 있었다.

진호천의 아들이 마약 때문에 죽어 마약을 싫어한다는 얘기를 들었지만 마약을 판 자가 누구인지, 그를 어떻게 했다는 얘기는 들은 적이 없었다.

"혹시 아드님의……?"

준영이 조심스럽게 물었다.

"맞아. 마약을 판 놈, 아니, 정확하게는 팔라고 명령한 놈이

지. 으득!"

생각하는 것만으로도 분노를 참기 힘든지 그의 입에서 이 갈리는 소리가 들려왔다.

"명령한 놈은 아마 삼합회의 회장이겠군요."

"허어! 언제 봐도 니 녀석의 머리는 소름이 끼칠 정도로 좋구나. 맞다. 그놈이다!"

유추하는 건 어렵지 않았다.

현재 중국 내에서 추락하는 사람들을 꼽으라면 단연 철무한의 아버지 철량이었고 그와 관련 있는 삼합회 또한 된서리를 맞고 있었다.

하지만 그렇다고 해도 삼합회가 여전히 중국 제일의 흑사회라는 사실은 변하지 않는 사실이었다.

"그냥… 아닙니다."

그냥 잊으면 안 되냐고 물으려고 하던 준영은 스스로 생각해도 말도 안 되는 소리였기에 뒷말은 삼켜야 했다.

"녀석하곤… 걱정 말아라. 삼합회 전체가 아닌 놈만 노릴 테니까."

진호천은 준영이 무슨 말을 하려는지 알 것 같았기에 안심하라는 듯 빙긋이 웃어 보이며 자신도 모르게 준영의 머리를 쓰다듬었다.

"……!"

"헉! 이, 이런, 미안하구나. 술에 취했는지 주책을 부렸구나."

진호천은 화들짝 놀라 손을 뗐다. 아무리 아들같이 생각하고 조카사위가 될 사람이라고 해도 성인의 머리를 쓰다듬는 건 큰 실례가 될 수 있는 일이었다.

진호천이 사과를 하는 사이 준영은 다른 의미에서 놀라고 있었다.

진호천이 머리를 쓰다듬는 순간 묘한 느낌이 소용돌이쳤기 때문이었다. 너무 짧은 순간이라 묘한 느낌의 정체를 알 수 없었던 준영이 조심스레 말을 했다.

"…죄송스런 부탁인데 다시 한 번 쓰다듬어 주시면 안 되겠습니까?"

준영의 말에 진호천은 잠깐 황당한 표정을 짓더니 갑자기 큰 소리로 웃었다.

"허허허! 하하하핫! 특이한 녀석. 그래! 우리 사이에 머리 한 번 쓰다듬는 게 무에 대수라고."

준영은 진호천에게 머리를 맡겼고 잠시 후 묘한 느낌의 정체를 대충이나마 알 수 있었다.

따뜻하고 편안하고 행복한 느낌. 그리고 그 속에 아련한 그리움이 있었다.

"참! 능령이를 만나 깜빡 잊고 있었던 게 있었구나. 조만간 형님이 널 만나기 위해 온다고 했다."

"진명천 대인께서요?"

머리 쓰다듬기는 자연스럽게 멈춰졌다.

진명천이 오는 이유를 알 것 같았다.

드디어 진명천의 눈에 자신이 철무한보다 더 전도유망하게 비친 것이 분명했다.

"능령이 좋아할 겁니다."

"…글쎄, 그건 두고 봐야 할 게다. 내 형이지만 나도 이해하기 힘든 사람이거든. 혹 엉뚱한 소리 하면 그냥 지금처럼 살아라. 나중에 손자 데려가면 아무 말도 못 하겠지."

"하하하! 그렇게 하겠습니다."

준영과 진명천은 그렇게 해가 지도록 벤치에 앉아 얘기를 나누었다.

6장

몰락의 시작

북경시 해전구에 위치한 조어대(釣魚臺:댜오위타이)는 청나라 건륭제의 행궁으로, 1774년에 축조되었는데 문화적 가치와 주위 풍광의 아름다움보다는 중국 국가 주석의 집무실로 더욱 유명한 곳이었다.

현 중국 최고의 권력자인 등사략의 집무실엔 두 사람이 조용히 차를 마시고 있었다.

달그락!

두 잔째 잔을 비우고 찻잔을 내려놓은 등사략은 그제야 비로소 입을 열었다.

"잠깐 쉬는 게 어떻겠습니까?"

등사략의 말에 그의 앞에 있던 초로 노인의 눈이 일순 꿈틀

댔다.

"전 부주석이 한 일이 아니라고 믿지만 안타깝게도 다른 사람들은 그렇게 생각하지 않는 모양입니다."

등사략의 말에 초로의 노인, 현 중국 국가 부주석이자 철무한의 아버지인 철량이 대답했다.

"제가 그리 일을 어설프게 하는 사람이 아님을 주석님도 잘 알지 않습니까?"

"잘 압니다. 없애려 했다면 훨씬 조용하게 했겠죠. 물론 역으로 생각할 수도 있겠지만 말입니다. 어쨌든 중요한 건 했느냐 안 했느냐가 아니라 당이 원한다는 겁니다. 잠깐 쉬고 계시다 잠잠해졌을 때 다시 오시면 될 겁니다."

당이 원한다.

철량 또한 지금까지 정적들을 제거할 때 무수히 써먹어왔던 말이었다. 그리고 한 번 자리에서 물러난 사람이 다시 올라오는 경우는 없었다.

철량과 정치적으로 대립했던 자가 폭사당하고, 격렬하게 토론을 했던 이가 독살을 당했다. 또한 그를 욕하던 이가 하루아침에 사라져 버렸다.

누가 봐도 정치 공작이 분명했기에 철량은 자신의 결백을 주장하며 다른 숙적들을 처리할 기회라고 생각했었다.

처음에는 그렇게 흐르는 듯했다.

여론들도 하나의 중국을 부르짖는 그를 노린 테러 단체의 지능적인 범죄라고 말하며 그를 옹호하는 분위기였다.

한데 너무 빤히 보이는 것이 함정이었다.

사건이 반복되고 뉴스 매체에 계속 이름이 거론되자 생각 없는 민중들은 테러 하면 철량을 떠올리게 되었고 차츰 그가 범인일지도 모른다는 생각을 하는 사람들이 하나둘 늘어났다.

그러는 와중에 익명의 제보를 받은 인터넷 매체 중 한 곳이 철량의 아들인 철무한이 특정 무기를 어느 연구소로부터 제공 받았다더라는 기사를 게재했는데, 처음엔 딱히 주목을 받지 못하다가 기사를 낸 인터넷 매체 사무실이 테러를 당하면서 전국적인 관심거리가 되어버렸다.

그리고 바로 그 때문에 오늘과 같은 상황에 이르게 된 것이다.

"…방법이 없겠습니까?"

철량은 지금까지와 달리 저자세로 말했고 그런 철량을 보는 등사략의 눈에 순간 놀라움이 스쳤다.

30년을 넘게 알고 지내온 사이지만 철량이 저자세를 취한 경우는 이번이 처음이었다.

"저도 당 위원들을 설득하고 싶지만 증거가 너무 명확합니다. 아드님인 철무한 군이 비밀 연구소에서 무기를 가져간 후에 그 무기로 인해 많은 정적들이 하나둘씩 테러를 당하지 않았습니까? 게다가 한 번도 아닌 두 번씩이나. 부주석을 믿지만 저 역시 100퍼센트 믿기에는 상황이 너무 공교롭습니다."

철량은 철무한이 준영을 공격하기 위해 비밀 연구소의 무기를 사용했다는 걸 알고 있었고 완벽에 가까운 인간형 로봇에 대한 얘기도 들었었다.

분명 준영 측에서 철무한이 보낸 새 로봇과 벌레 로봇을 복사해 자신을 함정에 빠뜨린 것이 틀림없었다.

본래 인조인간의 기술을 자신의 가문의 것으로 만들 생각을 하고 있었던 철량은 짧은 고민 끝에 입을 열었다. 인조인간의 기술이 지금의 자리보다 중요할 수는 없었다.

"작년에 제 아들 녀석이 괴한의 습격을 받은 적이 있었습니다."

뜬금없는 아들 얘기에 등사략은 의아해했지만 위기에 처한 상황에 쓸데없는 얘기는 아닐 거라 생각하고 맞장구를 쳐 주었다.

"저런! 어떤 무도한 놈들이. 그래도 근황을 보자면 크게 다치지는 않은 모양이군요?"

"스물두 명이 넘는 경호원이 죽었지만 다행스럽게도 늦기 전에 후속 경호대가 도착해 무사할 수 있었습니다."

"스무 명이 넘는 경호원이 죽었다면 놈들도 상당히 많았나 보군요?"

"단 세 명이었습니다."

"허어~ 부주석 집안의 경호원들이라면 모두 특수부대 출신으로 알고 있는데 그들을 단 세 명이서, 그것도 스무 명 넘게 죽였다면 소설에 나오는 무술의 고수들이었나 봅니다?"

"비슷합니다."

"정말 그런 자들이 존재한단 말입니까?"

세 명에게 스물두 명이 당했다고 해서 약간 과장되게 말한 것뿐이었다. 한데 비슷하다고 말하니 놀랄 수밖에 없었다.

"그들은 사람이 아닌 인조인간, 로봇이었습니다."

"…허허. 농이 지나치시군요. 인조인간은 아직까지 우리 중국의 기술로도 만들지 못할 뿐더러 미국도 그렇다고 들었습니다. 한데 아드님을 습격한 자들이 로봇이라니… 전투용 슈트를 입고 있었던 것이겠죠."

"아닙니다. 후속 경호대의 말에 따르면 총은 물론 대인 살상용 폭탄에 맞고도 움직였다고 했습니다."

"음……."

등사략은 생각하는 척하며 혹시 철량이 위기를 넘기기 위해 거짓말을 하는 것은 아닌지 생각해 보았다.

'금방 밝혀질 거짓말을 할 위인은 아닌데…….'

잠시 고민하던 등사략은 정보를 더 들어보고 판단할 생각으로 물었다.

"그럼 아드님에게 로봇을 보낸 곳이 어디였습니까? 미국입니까?"

"아닙니다. 한국의 성심그룹라는 곳입니다."

"한국이요? 거기다 퓨텍도 아니고 이름도 생소한 성심그룹이라는 곳에서 로봇을 개발했다는 말을 믿으라 하시는 겁니까?"

"성심테크는 최근 스튜디오라는 프로그램을 만들었을 뿐만 아니라 이전에도……."

철량의 성심그룹에 대한 설명이 길게 이어졌다.

또한 철무한과 어떻게 악연을 맺었는지, 로봇 새와 로봇 벌레에 관해서도 자신이 생각하고 있는 바를 모두 말했다.

"허어……!"

이제 고작 4년 차 기업이 완벽한 인간형 로봇을 만들었다는 것이 여전히 믿기지 않았지만 철량의 얘기가 왠지 거짓이 아닌 것 같았다.

"증거가 있습니까?"

"아까 말한 능령을 지키는 두 여자 경호원이 인조인간이라 생각하고 있습니다."

"확보할 수 있겠습니까? 확보할 수만 있다면 내 어떤 수를 써서라도 부주석의 방패막이가 되어주겠습니다."

철량이 로봇에 대한 얘기를 꺼낸 것은 바로 이런 대답을 듣기 위해서였을 것이다.

등사략은 만일 철량의 말이 사실이고 인조인간을 확보할 수만 있다면 철량의 문제를 떠안음으로써 겪게 될 정치적 위험 따위는 얼마든지 감수할 생각이었다.

"방패막이가 되어주신다니 무슨 수를 써서라도 확보하겠습니다."

"최고의 특수부대원들을 데리고 가십시오. 대신 증거를 확보하지 못한다면……."

등사략이 뒷말을 흐렸지만 무엇을 말하는지 잘 알고 있었다. 하지만 철량은 약간 주저하다 결국 대답했다.

어차피 기호지세였다.

"…알아서 물러나도록 하겠습니다."

"좋습니다. 부주석을 위해서도, 우리 중국을 위해서도 반드시 가져오길 바랍니다."

등사략과 밀담을 마치고 조어대를 나온 철량은 차를 타고 집으로 향했다.

"으아아아아아!"

와장창! 쟁그랑! 파삭!

명조 때 만들어진 도자기가 박살 났다. 그리고 연이어 부르는 게 값이라는 송 때의 도자기도 산산조각이 나 대리석 바닥에 뒹굴었다.

집으로 돌아온 철량은 지금까지 참아왔던 분노를 죄 없는 골동품에 쏟아냈다.

"나를 쫓아내려고 뻔한 수작 부리는 걸 누가 모를 줄 알아? 씹어 먹어도 시원찮을 놈!"

위기에 몰려 등사략에게 저자세를 취하고 가진 패를 까 보인 것이 화가 났다.

한참 식식거리던 철량은 소파에 털썩 주저앉았다.

"빌어먹을……!"

분노가 가라앉자 이성이 돌아왔고 곧 현재 자신의 처지를 생각하곤 가볍게 욕설을 내뱉었다.

최악의 경우 부주석직에서 물러난다고 해서 그의 인생이 끝나는 것은 아니었지만 정치적 생명은 끝이라고 봐야 했다.

"반드시 성공해야 해. 반드시……."

자꾸 암울해지는 생각에서 벗어나려는 듯 눈을 감고 소파에 머리를 기댄 철량은 성공해야 한다는 말만 반복했다.

*　　*　　*

증려익은 우리나라의 특전사와 같은 권단, 혈랑특전대, 불예단 등에서도 우수한 이들만 뽑아 만든 금룡부대의 3팀장이다.

모종의 임무를 맡아 태국으로 온 그와 팀원들은 하루를 쉬고 집결 장소로 향했다.

집결 장소는 한적한 폐공장으로, 상당히 큰 곳이었는데 꽤 많은 이들이 어슬렁거리고 있었다.

"헐, 1팀부터 5팀까지 다섯 개 팀이나 투입되는 작전인가 본데요?"

말 많은 팀원 한 명이 집결지에 모인 사람들의 면면을 보다가 말했다.

금룡부대는 총 열 개의 팀으로 이루어져 있는데, 큰 사건이 나야 세 개 팀이 연합하고 평소엔 거의 독자적으로 움직였다.

한데 다섯 개 팀이나 투입되는 작전이라니 무서울 것이 없다는 그도 약간은 긴장할 수밖에 없었다.

폐공장 안에 마련된 50개의 의자에 팀별로 앉자 금룡부대 부대장이 홀로그램을 이용해 작전을 설명했다.

"작전이 펼쳐질 곳은 5층 건물로, 출입 가능한 곳은 입구와 건물 뒤에 위치한 비상계단이다. 작전을 시작할 때 목표물들은 3층 이곳에 위치하게 될 것인데 1팀이 입구를, 2팀이 비상계단을 맡고, 3팀은 옥상에서 아래로, 4팀은 입구에서 위로, 5팀은 외곽에서 저격을 맡도록 한다. 그리고…….”

작전 계획은 세밀하고 치밀했다. 부대장도 평소와 달리 몇 번이고 목표물을 사로잡을 것을 강조했다.

‘두 명의 목표물을 아무런 상처 없이 사로잡는 것, 혹 사로잡기 힘들다고 판단되면 건물 입구와 옥상, 외부에 마련된 전기 충격기 쪽으로 유인해서 잡는다?’

부대장이 말하는 작전 내용을 간단하게 축약해 보던 증려익은 몇 가지 의문점이 생겼다.

“고작 두 명을 사로잡는 데 다섯 개 팀이나 투입되는 이유가 궁금합니다. 혹시 삼두육비의 괴물이라도 되는 겁니까?”

작전을 담당하는 부대장이 다섯 개 팀이나 투입했다면 분명 이유가 있을 터. 팀원들의 생명을 책임져야 하는 그로서는 당연한 질문이었다.

“글쎄, 목표물에 대해선 나도 모르겠다. 하지만 한 가지 확실한 건 너희 다섯 개 팀이 참여할 정도로 아주 중요한 일이라는 점이다. 그러니 조금도 방심 말고 계획대로 해주기 바란다.”

“그 점에 대해선 알겠습니다. 한데 사로잡으라고 했으면서 왜 전기 충격기를 쓰는 겁니까? 웬만한 사람은 1단으로도 감전돼 죽을 것 같은데 말입니다.”

“미안하지만 그것도 모른다. 다만 명령을 내린 사람이 몇 번이고 강조했던 말이니 그 이유는 금방 알 수 있지 않을까 생각한다. 다른 질문 없나?"

모든 정보를 알고 움직이는 경우는 드물었기에 이내 증려익은 고개를 저었다.

"자, 그럼 각자 팀별로 차에 탑승해서 출발! 3팀은 옷과 장비를 챙겨서 헬기로 이동한다."

출발 명령이 떨어지자 50명의 부대원들이 일사불란하게 움직였고 목적지로 향했다.

* * *

"헉헉! 괴물! 죽어!"

다다다다다다다!

증려익과 팀원들이 들고 있던 자동소총에서 철갑탄이 불을 뿜으며 두 명의 목표물을 향해 발사되었다.

"켁!"

그 순간 주먹만 한 콘크리트 조각이 날아와 증려익 옆에 있던 말 많은 팀원의 가슴에 박혔고 그의 몸은 그대로 벽까지 날아가 벽에 부딪혔다가 쓰러졌다.

절명.

방탄복과 함께 가슴뼈를 함몰시키고 박혀 버렸으니 살아남을 수가 없었다.

'이, 이게 대체…….'

증려익은 현재의 상황이 마치 꿈처럼 느껴졌다.

5분 전까지만 해도 상상조차 해본 적 없던 일이 지금 벌어지고 있었다.

목표물들이 건물로 들어갔다는 보고를 듣고 무음 헬기를 통해 옥상에 내린 증려익은 손짓으로 창문으로 침투할 다섯 명의 팀원을 남겨두고 아무런 방해 없이 3층으로 내려가 4팀과 만났다.

4팀장과 눈빛, 손짓으로 들어가자는 의견을 교환한 증려익은 문이 열자마자 안으로 들어가 소리쳤다.

"모두 꼼짝 마!"

문을 박차고 안으로 들어가자 얘기를 나누고 있던 두 남자와 두 여자가 돌아봤다.

'어라? 남자들이야 이미 알고 있어서 놀라지 않는다고 해도 목표물인 여자들도 전혀 놀란 얼굴이 아니군.'

총을 든 사람들이 갑자기 들이닥쳤는 데도 놀라지 않는다는 건 둘 중에 하나였다.

들이닥칠 줄 알고 있었거나, 바보이거나.

"긴장해."

전자일 가능성이 높았기에 증려익은 팀원들에게 나지막이 경고를 했다.

"후후! 어쩐지 갑자기 접속이 끊기더라니."

한 여자가 어깨를 으쓱하며 중얼거렸다.

"닥치고 여자들은 손들고 책상에 엎드려! 엎드리란 말이다!

남자들은 즉각 저쪽 벽으로 붙도록."

4팀장도 증려익처럼 이상함을 느꼈는지 큰 소리로 외치며 지시를 내렸다. 한데 한 여자가 키득거리며 농담을 했다.

"엎드리면 뭔 짓을 하려고? 킥킥킥!"

이미 3팀과 4팀원들이 반쯤 에워싼 상태. 이런 상황이라면 설사 영화 속 주인공이라도 빠져나갈 수 없었다. 그런데 목표물인 두 여자는 전혀 긴장한 표정이 아니었고 오히려 히죽거리며 웃고 있었다.

"남자들은 빨리 움직여!"

머뭇거려 봐야 좋은 것이 없었기에 증려익은 미적거리는 남자들에게 계속 소리쳤다.

"우리를 함정에 빠뜨려 놓고 너희들만 살겠다고? 그렇게는 안 되지."

남자들이 움직이려는 순간 두 여자는 약속이라도 한 듯 한 명씩 붙잡았는데, 남자들도 제법 한다 하는 이들이라 반항을 하려고 했지만 눈 깜짝할 사이에 제압당했다.

"인질을 삼을 생각으로 여유 만만했나?"

작전 목표는 두 여자를 사로잡는 것. 두 남자에 관한 건 없었다.

"그럼 실수한 거야! 공격!"

3팀과 4팀원들 중 두 명씩은 자동소총이 아닌 네트 건을 들고 있었는데 증려익의 말이 끝나자마자 일제히 발사를 했다.

"실수가 아냐. 바로 이런 목적으로 잡아둔 거지."

여자들은 잡고 있던 남자들을 마치 헝겊 인형처럼 발사된 그물을 향해 던졌고 단숨에 네트 건을 쓸모없게 만들어 버렸다.

그리고 악몽은 시작됐다.

챙그랑! 챙그랑!

증려익의 '공격' 이라는 말에 창문을 뚫고 들어오던 3팀원들은 착지하려는 순간 날아온 책상에 부딪히며 그대로 창밖으로 떨어졌다.

착지한 대원은 다섯 명 중 겨우 한 명. 하지만 그에게 번개처럼 다가가는 인형이 있었다.

'괴물!'

증려익은 막 착지한 팀원에게 달려가는 여자를 보며 속으로 외쳤다.

삼두육비를 가진 건 아니지만 사람과 책상을 한 손으로 들어 던지고 움직임은 간신히 잔상만 보일 정도로 빨랐다.

뿌드득!

목뼈 부러지는 소리가 채 1분도 되지 않은 새 일어난 일에 넋이 빠져 있던 증려익의 정신을 깨웠다.

"사살해! 명령이다. 사살!"

저 괴물 같은 여자들을 사로잡는다? 말도 안 되는 소리였고 어설픈 유인책을 쓴다면 3, 4팀 모두 전멸을 각오해야 할 터였다.

명령과 동시에 증려익의 자동소총이 불을 뿜었다. 이어 3, 4팀 모두가 합세했다.

"칫!"

막 한 사람의 목을 비틀어 저승으로 보낸 여자—정확한 이름은 스파르타216—는 죽은 이의 몸에 있는 무기를 챙기려다가 총을 피해 몸을 날리며 바닥에 납작 엎드렸다.

—217호, 이대로는 버티기 힘들 것 같으니 아래층으로 내려간다.

이들은 천(天)과의 연결이 끊어지면 그때부터는 천(天)이 정해둔 절대 명령의 범위 내에서 알아서 움직이게 되어 있었다.

그리고 가까운 곳에 있다면 인간에게 들리지 않는 고주파를 이용해 둘이 대화가 가능했다.

—알았어. 내려간다!

216호와 217호는 동시에 두 손을 들어 바닥을 내려쳤다.

한 번, 두 번, 세 번!

콘크리트로 된 바닥은 두 로봇의 힘을 버티지 못하고 아래로 꺼졌다.

—목표물이 2층으로 내려갔다. 생포가 불가능하다면 계획대로 하라. 다시 한 번 말한다. 사살은 불허한다. 계획대로 하라.

작전 본부 부대장이 조금 전 중려익의 명령을 들었는지 계획대로 할 것을 종용했다.

'도대체 총으로 죽이는 것과 감전시켜 죽이는 게 무슨 차이가 있다는 건지…….'

하지만 개인적인 생각과 다르게 그는 군인이었기에 상관의 명령을 따를 수밖에 없었다. 다만 수하들만이라도 알아듣게 돌려서 말했다.

"모두 들었겠지? 조금 전처럼 공격하며 목표물들을 함정으로 몬다. 조심해라."

조금 전처럼 목숨이 위험하다 싶으면 사살하라는 뜻이었고 그의 수하들은 모두 알아듣고 고개를 끄덕였다.

*　　*　　*

3층에서 2층으로, 2층에서 다시 1층으로 유인하는 데 걸린 시간은 대략 5분 남짓.

그 시간 동안 3, 4팀 전부 해서 다섯 명이 살아남았다.

자동소총의 탄창을 가는 증려익의 손은 가늘게 떨리고 있었다.

"컥!"

외마디 비명과 함께 다시 한 명의 대원이 쓰러졌다.

하지만 신경 쓸 겨를이 없었다.

1팀과 2팀의 투입이 결정됐지만 그동안 과연 버틸 수 있을지가 문제였다.

철컥!

장전이 되었다. 잠깐 벽에 기대 숨을 고른 후 고개를 내밀며 방아쇠를 당기려던 증려익은 복도를 마주한 채 대치 중이던 217호와 순간 눈이 마주쳤다.

기회라는 생각이 퍼뜩 들었지만 뭔가 싸한 느낌에 재빨리 벽 뒤로 몸을 숨겼다.

뒤이어 들리는 '쾅' 하는 소리와 함께 숨어 있던 벽이 포탄을 맞은 듯 뜯겨 나갔다.

지금까지 대원들이 당한 이유를 알 것 같았다.

'괴물 같은 넌. 이 와중에도 웃고 있어.'

철의 심장이라는 별명을 가질 정도로 전장에서 어느 누구보다도 용감했던 증려익이지만 지금 이 순간만은 벽 뒤로 다시 고개를 내밀기가 두려웠다.

퍼어어억!

고기를 패대기칠 때 나는 소리가 들리며 다시 대원 한 명이 뒤로 날아가 쓰러졌다.

'콘크리트 조각을 포탄처럼 던질 수 있는 인간이라니 새로운 전투용 슈트를 입은 건가? 아냐, 그런 슈트를 개발했다는 건 들어본 적이 없어. 그럼 유전공학으로 만들어낸 괴물들인가? 그나저나 이 새끼들은 왜 아직 안 와!'

두려움은 별의별 상상을 다 하게 만들었다. 게다가 시간까지 더뎌 가게 했다.

한데 1, 2팀이 어서 들어오기만 바라던 증려익의 머릿속에 불현듯 떠오르는 것이 있었다.

괴물의 웃음, 콘크리트 조각, 외곽을 담당하던 1, 2팀의 투입 등이 하나의 결론을 가리켰다.

'아! 우리가 유인한 것이 아니라 당한 건가?'

콘크리트 바닥을 부술 수 있는 이들이 벽을 뚫지 못할 이유가 없었다.

거기까지 생각한 증려익이 잠깐 망설이다가 버럭 소리쳤다.

"1, 2팀, 안으로 들어오지 말고 제자리를 지켜라! 함정이다! 목표물은 추가 병력이 들어오길 기다리고 있다. 아마 이 회선도 도청당하고 있는 게 분명하다. 반복한다. 자리를 지켜라. 이들은 지금 너희들이 진입하는 순간을 노려 도망치려 하고 있다."

방해 전파 속에서도 완벽하게 작동하고 어떤 기술로도 해킹할 수 없다는 통신 회선을 사용하고 있지만 완벽이란 있을 수 없는 일이었다.

자신들도 남들이 안전하다는 통신을 해킹해 정보를 캐내고 목표물을 저격하지 않았던가.

—…알았다, 려익. 복귀하겠다. 너와 네 동료들의… 복수는 꼭 해주겠다.

친하게 지내던 2팀장이 격앙된 목소리로 회답을 했다. 그리고 그때 증려익의 예상이 맞다는 걸 알려주듯 회선에 난입한 여자 목소리가 있었다.

—빌어먹을 자식, 다 된 밥에 재를 뿌리는군. 네놈만은 반드시 제거해야겠어.

증려익은 여자 목소리를 듣다가 소름이 쫙 돋았다. 목소리가 이중으로 들리고 있었는데 그 말은 바로 복도를 가로질러 오며 말하고 있다는 뜻이었기 때문이었다.

복도를 넘어오기 전에 막기 힘들다는 판단에 오히려 뒤로 물러나며 총을 쐈다.

타타탕! 퍼퍼퍽!

운이 좋았는지 그냥 갈긴 총탄이 막 꺾이며 들어오던 한 여자의 가슴에 직격했다.

"하… 하하. 재수 없는 년! 맛이 어떠……!"

철갑탄의 위력에 여자는 뒤로 밀려 벽에 부딪혔다. 그리고 뒤이어 피를 흘리며 쓰러질 것이라 생각했다. 한데 피는 흘리고 있었지만 쓰러지지는 않았다. 아니, 총에 맞았나 싶게 바로 자신에게 달려들고 있었다.

다시 방아쇠를 당기려 했지만 죽였다는 생각에 잠시 방심을 하고 있었는지 반응이 늦었다.

퍼억!

여자의 발길질에 자동소총과 증려익이 하늘을 날았다가 바닥에 곤두박질쳤다.

쇠망치로 맞으면 이런 충격일까 싶을 정도로 묵직한 발길질이었다. 눈앞이 잠깐 흐려졌다가 원상태로 돌아오자 자신을 향해 손을 뻗는 여자가 보였다.

"여기까지다, 군인."

죽음을 직감했지만 포기는 하지 않았다. 늦은 걸 알면서도 그는 허리춤에 있는 단검을 꺼내려 했다.

그때였다.

"팀장님, 엎드리십시오!"

대원 두 명이 살아 있음을 그는 망각하고 있었다. 증려익은 쓰러져 있던 자세였기에 바로 엎드렸다.

퍼퍽!

총 소리 대신 아까부터 계속 듣던 고기 패대기치는 소리가 들렸다. 한 명의 여자가 더 있음을 잊고 있었던 것이다.

증려익은 몸을 세우고 눈을 떴다. 죽을 때 죽더라도 떳떳하게 죽고 싶었다.

한데 손을 뻗던 여자는 여전히 조금 전 그 자세 그대로 서서 눈을 굴리고 있었다.

"왜 그래? 이상이 생긴 거야?"

막 두 명의 대원을 처리한 여자가 다가오며 물었다.

"총알이 어깨 모터와 뼈대에 부딪히며 굴절해 허리 모터에 박힌 모양이야. 다리 쪽은 멀쩡한데 허리와 오른팔을 쓸 수가 없어."

"그런 몰골로 뛰면 기괴하겠다. 일단 펴줄 테니 허리와 오른팔은 쓰지 마."

두 여자의 말을 이해할 수 없던 증려익은 그저 그들의 행동을 지켜볼 수밖에 없었다.

"이자는 어떻게 할 거지?"

허리와 어깨를 쓰지 못하던 여자를 바른 자세로 만든 여자가 물었다.

"탈출용으로 써야지. 동료라고 해도 쏠 놈들이지만 약간의 주저함은 있을 거야. 그것만으로도 탈출 확률이 높아질 테니 인질로 사용해야지."

"좋은 생각이네. 내가 들까?"

"아니, 왼팔은 멀쩡하니 내가 들지. 조금이라도 허튼 짓을 하면 당장에 목뼈가 부러질 거야."

보호 헬멧과 이어폰을 빼앗긴 중려익은 여자의 팔에 목이 붙잡혀 대롱대롱 매달린 채 건물의 입구로 향했다.

'함정이 있다는 건 모르는구나!'

작전이 시작되고 전기 충격기에 관한 얘기를 통신으로 말한 적이 없었다는 것이 행운으로 작용했다.

"이 남자를 죽이고 싶지 않다면 당장 공격을 중지하라."

두 여자는 중려익을 방패 삼아 함정이 있는 입구에 서서 소리쳤다.

부대장에게는 씨알도 먹히지 않을 소리였지만 같은 동료였던 이들에게는 고민거리 정도는 될 터였다.

중려익은 이왕 죽을 것이라면 동료들이 그런 고민을 하지 않게 하고 싶었다.

그는 입을 벙긋거렸다.

'함정을 발동시켜라.'

특수부대답게 그의 벙긋거림은 독순술로써 정확하게 전달되었고 저격을 담당했던 5팀에서 빛을 이용한 신호를 보내왔다.

"어라? '지보동' 이 뭐지?"

자신을 들고 있던 여자는 빛을 이용한 신호에도 능통했는지 금세 알아봤다.

"크크크! 지보동이 뭐냐 하면 말이지."

중려익은 함정이 발동하기 전 여자들을 신경을 자신에게 돌리기 위해 웃으며 말했다.

"바로 '지옥에서 보자, 동지여!' 라는 뜻이야. 이 괴물 같은 년들아!"

대롱대롱 매달려 있던 증려익이 허리춤의 단검을 꺼내 뒤를 향해 아무렇게나 휘둘렀다.

한데 그 단검이 216호의 쇄골과 어깨 관절 사이에 박히며 모터를 건드렸고 이에 216호의 손이 풀렸다.

216호의 손에서 벗어난 증려익은 입구 앞에 있는 네 칸 정도 되는 계단으로 떨어졌는데, 온 힘을 다해 계단 모서리를 밟고 다이빙하듯 앞으로 뛰었다.

지지지지직!

함정이 발동됐다.

짜릿함을 넘어서 온몸이 타는 듯한 느낌이 들었지만 관성의 법칙에 의해 그는 무사히 함정에서 벗어날 수 있었다.

"이, 이… 하, 함정… 이 이… 있었을… 줄이야……."

온몸을 벌벌벌 떨면서도 함정을 벗어나려는 두 여자. 그 순간 출력이 더욱 높아졌다.

증려익은 몇 바퀴 뒹굴어 바닥에 쓰러진 채 감전되어 쓰러져 가는 두 여자를 보고 있었다.

살 타는 냄새와 함께 두 여자의 몸에선 연기가 나오고 뭔가가 '탁탁' 터지는 소리가 들렸다. 그런 상태에서도 함정을 벗어나려는 듯 약간씩 움직이는 모습에 기가 질릴 지경이었다.

'저런 상황에서도 웃는 건가?'

감전으로 근육이 제멋대로 움직여서 그런 걸 수도 있겠지만 증려익은 왠지 소름이 돋았다.

여자들의 움직임이 완전히 멈추자 전기 충격기는 작동을 멈췄고 1, 2팀원들이 긴장을 늦추지 않고 주변을 에워싸며 천천히 접근했다.

'벗어나야 해!'

그에 반해 전기 충격에 아직 몸이 완전히 회복되지 않은 증려익은 최대한 그녀들의 주검에서 벗어나려고 바닥을 기었다.

땀과 흙으로 범벅이 된 증려익은 어느 정도 벗어났다고 생각하자 뒤를 돌아보았다.

1, 2팀원들은 물론 작전 팀, 그리고 검은 양복을 입은 사람들이 옹기종기 모여 있는 것이 보였다.

"위……!"

위험할지도 모르니 일단 피하라고 소리치려던 증려익은 그녀들의 주검에서 시작된 하얀빛이 모여 있던 사람들을 덮치는 것을 보았다.

그 빛에 그는 시력을 잃었고 뒤이어 '콰아앙' 하는 폭발음에 귀가 멀었으며 이어지는 충격파에 정신을 잃었다.

7장

반발

"가짜 능령을 지키던 경호 로봇 두 대가 조금 전에 폭파됐어."

"역시 기술을 노린 건가?"

철무한이 언젠가는 인조인간 기술을 노릴 거라고 예상을 했기에 딱히 놀라거나 하진 않았다.

로봇으로서의 기능이 완전히 정지되면 폭파된다는 것도 천(天)에게 들어 이미 알고 있었다.

"응, 한데 중국 정부가 움직인 것 같아. 접속이 끊어진 곳을 중심으로 위성 촬영을 했는데 한번 봐봐."

"중국 정부가?"

이건 예상하지 못한 것이다. 철무한의 집안이라면 분명 독점하려 들 것이라 생각했었는데 말이다.

"무기로 보면 군인들인 것 같긴 한데 이것만으로 중국 정부가 움직였다 보기엔 무리이지 않나?"

위성에서 찍은 사진이라 사람들의 머리 꼭대기와 어깨 위만 나왔지만 무기와 기타 장비들은 바로 옆에서 찍은 사진처럼 아주 선명하게 나와 있었다.

하지만 부주석인 철량 또한 군대를 움직일 수 있었기에 중국 정부가 알았다는 증거는 아니었다.

"세 번째 사진의 저격수 어깨를 보면 부대 마크가 보여. 금룡부대라고 중국 주석인 등사략의 친위 부대라고 불리는 이들이야."

"그렇단 말이지……."

중국 정부가 알았다면 앞으로 꽤나 귀찮게 할 게 뻔했다.

그러나 한편으로는 좋은 소식이기도 했다. 철량이 인조인간에 대한 정보를 중국에 흘린 것은 어쩌면 위기에 처했기 때문일 수도 있었기 때문이었다.

준영은 중국 정부가 어떻게 나올지를 생각하며 건성건성으로 사진을 넘겼다.

그러다 로봇이 자폭하는 사진과 자폭 뒤의 사진을 비교해 보고는 놀라 물었다.

"어? 이 사진이 자폭하는 사진이야?"

"응."

폭파 전까지만 하더라도 듬성듬성 떨어져 있지만 주변에 네 개의 건물이 있었다. 한데 폭파 뒤의 사진에는 네 개의 건물이 흔적만 남아 있을 뿐 아예 사라지고 없었다.

"근데 얼마나 많은 화약을 품고 있었기에 화력이 이렇게 센 거야? 설마 전에 데이터베이스에서 봤던 초고성능 폭약을 사용한 거야?"

질소계 합성 물질로 된 초고성능 폭약 1g은 TNT 1kg의 폭발력과 맞먹는다고 나와 있었다.

1g이 TNT 50kg과 맞먹는 폭발력을 지닌 하프늄 화약에 비하면 별것 아닌 것 같지만 하프늄은 지구상에 많지 않은 희귀 물질이었다.

한데 천(天)이 만들어낸 초고성능 폭약은 원한다면 얼마든지 만들어낼 수 있다는 장점을 가지고 있었다.

즉 하프늄 폭약과 같은 성능을 내도록 만들려면 50배만 더 넣으면 해결되는 문제—물론 미사일이 커진다는 문제 역시 존재했지만—였다.

특히 폭발력이 없는 A라는 물질과 B라는 물질이 합쳐졌을 때 폭발이 일어났기에 테러에 이용된다면 최악의 화약이 될 수 있었다.

"인조인간 몸속에 들어갈 정도로 소형이어야 하고 흔적을 남기지 않을 정도로 폭발력이 강해야 했으니까. 그리고 어차피 무인 잠수함에도 사용할 테니 미리 만들어둔 거야."

사실 준영은 별로 마음에 들지 않아서 물은 것인데 '잘했지?' 라는 듯 말하는 천(天).

그러나 곧 생각을 바꿨다. 남들처럼 원자폭탄과 수소폭탄을 가지지 못했으니 초고성능 폭약 정도는 있어도 되지 않을까라는 생각에서였다.

"얼마나 사용한 거야?"

"약 500g 정도. 이론적으로나 실험실에서 실험할 때는 1g에 TNT 1kg이었는데 사진상으로 봤을 땐 1g에 약 3에서 4kg 정도의 폭발력을 지닌 것 같아. 아마 양에 따라 폭발력에 차이가 있는 것 같은데 실험을 해봐야겠어."

"…회사 말고 딴 데서 해줘. 자다가 폭발로 죽고 싶지는 않으니까."

"걱정 마. 아무도 없는 바다에서 할 테니까."

관심이 없는 분야였기에 준영은 화제를 돌렸다.

"그나저나 두 인조인간의 장례라도 치러줘야 하는 거 아닌지 모르겠네."

"장례는 왜?"

"죽었잖아. 뭐, 어느 정도 예상은 하고 있었으니까. 내가 죽음 속으로 떠민 것 같기도 하고 말이야."

자신이 말을 하면서도 못 느끼고 있었지만 준영은 어느 순간부터 인간과 로봇 사이의 경계가 서서히 무너지고 있었다. 그래서 천(天)과 지(地)에 대해서도 인조인간 혹은 컴퓨터라고 생각하기보다는 인간과 동일시하고 있었다.

지금은 오히려 천(天)이 준영보다 더 명확하게 구분을 했다.

"죽었다는 의미가 육체적 소멸이나 정신적 소멸을 말하는 것이라면 그들은 죽지 않았어."

준영이 의아한 표정이자 천(天)이 설명을 더했다.

"육체는 다시 만들면 되고 정신은 어젯밤 12시에 백업해 둔 것으로 복원시키면 되거든. 하루 정도의 기억이 없다 뿐이지 완벽한 재탄생이지."

"쩝! 불로불사가 따로 없군."

준영은 잠시나마 장례를 생각했다는 것이 우스웠지만 그마저도 자연스럽게 받아들였다.

"철량에 대해서 알아봐줘. 우리가 중국 내에서 했던 공작이 먹혀들어간 것 같아. 내 생각에는 이번 사건도 그 때문에 일어난 것 같거든."

"알았어. 그리고 지금 5시 28분이야."

이하민에게 5시 30분에 접속할 생각으로 천(天)에게 2분 전에 말해달라고 했었다.

"벌써 그렇게 됐나? 그럼 다녀올게."

헤드셋을 쓰고 의자에 기댄 준영은 이하민에게 접속했다.

"…부르셨습니까, 대통령님."

리충일은 예전에 비해 상당히 말라 있었다. 좋게 말하면 샤프해 보이고 나쁘게 말하면 못 먹어서 악과 깡만 남은 노예처럼 보였다.

"내년인가?"

"뭐가 말입니까?"

"총선 말일세. 이제 7개월 정도 남았군. 자네도 이제 슬슬 준비를 할 때가 됐군 그래."

"…기억하고 계셔서 영광입니다."

리충일의 얼굴에 안도의 표정이 잠깐 떠올랐다가 사라졌다.

"이 사람, 내가 약속을 어길 사람으로 보이든가."

"아, 아닙니다. 제가 어찌… 그런 생각을 했겠습니까. 당연히 믿고 있었습니다."

여당, 야당 할 것 없이 서서히 내년 총선을 준비하고 있는 상황에서 처음 약속을 한 이후로 오늘까지 아무 언급도 안 하고 있었으니 꽤 답답했을 것이다.

준영은 그런 리충일을 보고 피식 웃고는 메모지에 뭔가를 끄적이더니 앞으로 내밀었다.

"그동안 내 말을 이행하느라 고생했네. 이건 그에 대한 보너스라고 생각하게."

쪽지에는 계좌 번호와 비밀번호, 은행명, 낯선 이름 하나가 적혀 있었다.

"자네 나이를 생각해 보면 대충 여섯 번 정도 총선을 치루겠더군. 그래서 선거 비용과 사무실 운영 비용에 쓰라고 돈 좀 넣어뒀네. 혹 다른 사람들에게서 뒷돈 받아먹다가 나 같은 사람에게 걸리지 말라는 의미에서 주는 것이니 받아두게. 그리고 돈은 거기 적힌 사람을 찾아가면 알아서 처리해 줄걸세."

"……."

뜻밖의 선물을 받아서인지 리충일은 멍하니 쪽지만 바라보고 있었다.

사실 철석같이 약속을 했지만 지켜보고 지킬지 말지를 결정할 생각이었다.

한데 리충일은 준영의 생각보다 더 열심히 했기에 약속을 지키는 건 물론이고 보너스까지 챙겨주었다.

그가 인간적으로 어떤 사람이냐는 상관없었다. 자신의 말을 피골이 상접할 정도로 열심히 해준 것에 대한 대가였다.

'그나저나 일 하나는 똑소리 나게 잘하던 사람인데 후임이 제대로 할지 벌써부터 걱정이군.'

마음 같아선 퇴임할 때까지 일을 시키고 싶었지만 그의 일에 대한 열정이 국회의원이 되고자 하는 열망에서 오는 것을 알기에 놓아주기로 했다.

"당 대표에게 괜찮은 지역을 배정해 주라고 말하겠지만 혹 마음에 들지 않는다면 말하게. 최대한 신경 써주지."

리충일에게 문득 사악 이하민을 모셨던 2년에 가까운 세월이 주마등처럼 스쳐 갔다.

정말 힘들었다.

집에서는 딴살림 차린 거 아니냐며 의심의 눈초리를 보내기도 했고 개처럼 일해 봐야 팽(烹)당할 거라고 말하는 사람들도 있었다.

하지만 사악 이하민에게 있어 신상필벌만큼은 확실하다는 것을 눈치챈 리충일은 주변의 말에 귀를 닫고 최선을 다해 노력했었다.

그리고 결과는 지금 보는 것처럼 대성공이었다.

"감사합니다, 대통령님. 혹 제가 필요로 하신다면 언제든지 불러주십시오. 분골쇄신하겠습니다."

"그리 말해주니 고맙네. 그래서 하는 말인데 자네가 그만두기 전에 한 가지 일을 해줬으면 좋겠네. 새로 올 비서실장에게 시키자니 영 마음이 편치 않아서 말이야. 허허허!"

리충일은 마음이 들떠 생각 없이 말을 뱉은 주둥이를 꿰매 버리고 싶었다. 하지만 뱉은 말을 주워 담을 수는 없었다.

"…말씀하십시오."

"우리나라 몇몇 경제 분야를 적극적으로 개방할 생각이네."

"어느 분야를 말씀입니까?"

"공산품, 식음료, 전자 제품… 그리고 마지막으로 자동차까지."

나열되는 분야를 듣던 리충일은 아찔했다. 몇몇 분야라고 했는데 거의 전 분야라고 해도 과언이 아니었다.

"살아나고 있는 경기에 찬물을 부을 생각이십니까?"

"쯧! 경기를 살리는 데 일조한 자네가 아직도 그런 말을 하다니. 예전에도 말했지. 기업이 잘된다고 나라가 잘사는 거 아니라고."

"하지만 개방은 전적으로 다른 문제입니다. 그리고 대통령님께서 말씀하신 몇몇 분야는 이미 개방을 하고 있습니다."

"그게 어디 제대로 된 개방인가? 가령 명품 백을 생각해 보게. 대기업들이 수입을 해서 터무니없는 가격에 팔지. 소규모

업자들이 수입해서 팔려고 하면 불법이라고 고소를 해서 컨테이너에서 썩게 만들고 나중에 불법이 아니라고 판결이 나면 나 몰라라 해버리지. 그렇게 소규모 업자들을 죽여놓고 마음대로 이득을 취하는 것이 자네가 말하는 개방인가?"

"……."

"내가 생각하는 개방은 지금과는 다른 것일세. 우리나라에서 물건을 팔고 싶으면 회사를 설립해야 하고 A/S 센터를 기본적으로 만들어야 하네. 자동차라면 전국에 A/S 센터를 만들지 않으면 허가를 내주지 않을 테고 이미 허가된 업체라고 해도 취소시킬 생각이라네. 또한 식음료의 경우에는 우리나라에 공장을 설립해야겠지. 그리고……."

잔소리처럼 길게 이어지는 대통령의 말을 들으며 리충일은 이하민이 의도하는 바를 눈치챌 수 있었다.

일자리 수를 늘이고 물가를 잡겠다는 의도가 분명했다.

'이 인간, 정말 끝까지 나를 죽이려 하는구나.'

리충일은 한숨이 나왔다. 개방을 하는 것보다 그 토대를 만드는 것이 더 힘든 일이었다.

설령 이하민의 말처럼 다른 나라 기업들이 들어온다고 해도 한국 시장의 좋은 점은 그대로 답습하려 할 게 빤했다. 자국에서 1,000원에 파는 물건을 한국에서 2,000원에 팔 수 있다면 그것을 마다할 기업이 어디 있겠는가.

이하민도 분명 그런 생각을 할 터. 그런 문제점들을 해결할 대안까지 자신이 만들어서 보고를 해야 하니 앞이 깜깜할 지경이었다.

아니나 다를까 그에 대한 말이 이하민에게서 나왔다.

"아! 독과점법도 손볼 걸세. 벌금이 약하니 담합이 수시로 이루어지지. 삼진 아웃 제도도 심각하게 생각 중이야."

"…대통령님께서 하시겠다면 해야겠죠. 하지만 그 모든 걸 하려면 내년 선거는 포기해야 합니다만."

말린다고 들을 사람도 아니었고 개방을 해야 하는 이유에 대해 반론이라도 제기하면 한 시간쯤 잔소리가 쏟아질 것이 분명했기에 리충일은 포기를 했다.

"그 점은 걱정 말게. 차기 비서실장을 빨리 뽑아줄 터이니 그 사람에게 확실히 인수인계하면 되지 않겠나?"

"알겠습니다. 다른 분부가 없으시다면 당장 나가 일을 시작하겠습니다."

선택의 여지가 없었다면 하루라도 빨리 끝내는 것이 이득이었다.

"난 자네의 그런 행동력이 참 마음에 든다네. 자네는 떠나지만 공무원 사회의 귀감이 될걸세."

밖으로 나가려던 리충일은 자신도 모르게 몸을 부르르 떨었다. 개방 정책 다음이 공무원들에 대한 개혁이라는 소리로 들렸기 때문이었다.

'불쌍하군. 그나마 이제 곧 3년 차라는 것이 위안이라면 위안인가?'

대통령의 레임덕은 빠르면 3년 차부터 찾아오는 경우가 허다했다.

하지만 곧 고개를 저었다.

이하민 대통령이라면 3년 차부터 본격적으로 더 심한 깽판을 칠지도 모른다는 생각이 들어서였다.

집권 2년 차에 지지율이 여전히 70퍼센트가 넘는 대통령이 레임덕이라니 말도 안 되는 소리였다.

잠시 공무원들에 대해 애도를 표한 리충일은 무슨 말을 더 할까 싶어 재빨리 이하민의 방을 빠져나갔다.

* * *

여당의 수장이자 대통령인 이하민과 야당의 수장이자 총리인 양상희를 손에 쥐고 있었던 준영은 지난 2년간은 수월하게 모든 일을 진행했다.

그러나 선거가 다가오자 야당 내에서 이대로라면 필패할 것이라는 의견이 팽배해졌고 반(反)이하민 세력이 힘을 얻었다.

게다가 이하민의 개방 정책이 발표되자 기업들은 지금까지의 침묵을 깨고 야당과 더불어 반발할 조짐을 보이고 있었다.

"대기업 노동자들이 개방 정책을 반대하는 대규모 집회를 준비 중이야."

언론 매체들이 개방 정책에 대한 부정적 의견을 매일같이 보도하고 있었고 지지율도 단 몇 일 만에 60퍼센트로 떨어졌다.

그런 와중에 대규모 집회라니 결코 좋은 현상은 아니었다.

"선동하는 자들이 회사 측과 만나는 모습은 포착했는데 뇌물을 받았는지 여부는 아직 모르겠어. 조사해 볼까?"

천(天)이 말하는 조사가 가상현실을 이용한 방법임은 두말할 필요가 없었다.

"내버려 둬. 일단 상황이 어떻게 돌아가는지 지켜본 다음에 생각해 보자."

원래 계획으로 개방 정책은 5년 차 때나, 차기 대통령 때 할 생각이었다.

하지만 작년, 채용 인원을 줄이고 투자를 줄이는 기업들에 대해 적당히 손을 봐서 자발적으로 참여하도록 하려 했던 계획이 틀어지면서 어쩔 수 없이 앞으로 당겨야 했다.

계획이 틀어진 이유는 철무한의 선물(?) 덕분이었다.

새 로봇과 벌레 로봇의 공격이 실패하자 부주석인 철량의 힘을 이용해 한국 기업에 대한 몇 가지 경제적 조치를 취하게 만들었는데, 이 조치의 해지를 미끼로 한국 정부를 이용해 성심그룹에 압박을 하려 했었다.

준영이 이하민을 대신하고 있음을 몰랐기에 한 행동이었지만 어쨌든 그 때문에 중국에 의존적이던 기업들의 사정이 나빠지면서 그들을 옥죌 명분을 잃어버렸다.

스튜디오를 만들면서 계획의 완성이 1년 정도 앞당겨질 것이라 생각했는데 다시 1년 후퇴하게 생겼으니 속이 쓰렸지만 정말 별명—독재자—처럼 집회마저 무산시켜 가면서 일을 하고 싶지는 않았다.

애초 3년차에 하는 것보다 2년차에 하는 것이 좋을 것 같아서 시작한 일이지만 선거가 끝난 다음에나 본격적으로 진행할 생각이었다.

"혹시 모르니까 일단 조사만 해둘게. 그나저나 철무한은 이제 어떻게 할 거야?"

철무한의 아버지 철량이 드디어 부주석직에서 물러났다. 그를 방어하던 거대한 방어막이 사라진 것이다.

"그에 대해 모아둔 정보들 있지?"

"응, 하지만 여자관계 빼고는 증거가 없어."

"그거면 충분해. 여자관계만큼 세상의 이목을 끄는 건 드무니까. 일단 몇 곳 언론사에 여자관계에 대한 것만 보내."

"숨을 곳이 없게 만들 셈이군."

"응, 결국 언론이 찾아낼 거야, 그에 대한 나머지 비리와 그가 어디에 있는지까지도. 그때를 노려 그를 제거하면 돼."

철무한과의 악연을 끝낼 때가 다가오고 있었다.

* * *

명절이나 집안 행사가 있어 들를 때를 제외하곤 거의 회사에서만 머물던 준영과 능령이 간만에 서울 나들이에 나섰다.

"이 얼굴이 요즘 좋아하는 얼굴이야?"

헬기로 향하는 중 거울로 자신의 얼굴을 보던 능령이 삐 있는 농담을 했다.

1년 넘게 자신의 얼굴을 감추고 살고 있으니 답답하기도 할 것이다.

"조금만 기다려. 그땐 떳떳하게 네 얼굴로 살 수 있을 거야. 그리고 내가 좋아하는 얼굴은 이 뒤에 있는 얼굴이야."

"피이! 입에 침이나 바르시지."

능령도 여자였다. 다른 여자들보다 덜하다 뿐이지 때론 사랑을 확인하고 싶어 했고 때론 질투도 했다.

그 질투의 대상이 자신이 변장한 얼굴이라는 점이 특이했지만 말이다.

서울에 도착해 가장 먼저 들른 곳은 대지 형의 작업실이었다.

"어서 와. 능령 씨도 어서 와요."

"어머! 놀라게 해줄 생각이었는데 단번에 알아보시네요?"

지(地)와 능령은 이미 오래전에 인사를 나눴었다. 그리고 의외로 성격이 맞는지 둘은 꽤 친근하게 지냈다.

"얼굴은 달라도 몸매는 숨길 수가 없거든요. 능령 씨처럼 하체가 긴 서양식 체구를 가진 사람은 연예인들에게도 드문 편이죠."

"몸매 관리 안 했다고 놀리시는 건 아니죠?"

"그럴 리가요. 준영이 이 녀석이 얼마나 까다로운데요. 아마 능령 씨 몸매가 망가지면 운동하라고 난리를 피울 겁니다."

"음, 그래요?"

능령이 가자미눈을 하고 준영을 쳐다봤다.

“얌전히 있는 나를 왜 걸고넘어지는 건데? 그리고 난 딱히 몸매를 보지는 않거든.”

“행여나. 그동안 네가 만났던 여자들이 하나같이 어떤 몸매였는지 비교 분석해 줘?”

“…그런 쓸데없는 비교 분석을 왜 해?”

“호호호! 쓸데없다니? 난 꼭 듣고 싶은데. 저한테 설명해 줘 봐요, 대지 씨.”

홀로그램을 띄워놓고 신이 나서 설명하는 지(地)와 주먹을 꽉 쥔 채 설명을 듣는 능령을 보며 준영은 고개를 저었다.

‘그나저나 이곳도 참 많이 바뀌었군.’

둘이 즐겁게(?) 노는 동안 준영은 지(地)의 작업실 겸 숙소를 둘러보았다.

대한민국에서 내로라하는 작곡가이고 저축은행의 명실상부한 사장이니 잘 꾸며놓고 사는 거야 당연했지만 왠지 지(地)답지 않았다.

“이거 때문인가?”

책상 위에 놓인 사진을 보고 준영은 중얼거렸다.

지(地)와 지(地)가 귀여워하던 아이, 그리고 처음 보는 여자가 환하게 웃고 있는 사진이었는데 누가 보더라도 한 가족처럼 보였다.

사실 준영이 지(地)을 방문한 건 단둘이 할 얘기가 있으니 만나자는 그의 요청 때문이었다.

그때 지(地)가 들어왔다.

"여기 있었네?"

"응, 하도 내 흉을 봐서 귀가 간지러워 들을 수가 있어야지."

"쩝! 단둘이 얘기하자고 했는데 능령 씨를 데리고 와서 심통 좀 부려봤지. 한데 둘이 할 얘기가 있다고 말했나 봐? 자기는 커피 한 잔 마시고 온다고 밖으로 나가던데."

"응, 미리 말해뒀어. 괜한 짓을 한 것 같지만 말이야."

"하하… 진즉에 말하지 그랬어."

"누군가가 말할 틈을 줬어야 말이지."

"능령 씨는 마음이 넓으니 충분히 이해할 거야."

"글쎄, 과연 어떨지는 집에 가봐야 알겠지."

"아마… 괜찮을 거야. 참, 그제 리충일이 은행에 왔더라. 통장을 보고 꽤 놀라던 눈치던데 금액은 말 안 했나 보더라?"

지(地)는 은근슬쩍 넘어가려는지 화제를 돌렸고 준영은 다음을 기약하며 넘어가 주었다.

"말하는 것보다 더 극적이잖아. 아마 지금쯤 감동해서 죽어라 일하고 있을 거야."

"하여간 사람 부려먹는 데는 타고났어. 그나저나 은행에 돈이 쌓여가고 있는데 어쩔 셈이야?"

한동안 저금리 신용 대출로 풀렸었던 엄청난 돈이 되돌아왔고 모든 은행과 제2, 3금융권들이 비슷한 금리로 대출을 해주다 보니 대출 금액은 점점 줄어들었다. 그러다 보니 자연 돈은 점점 쌓여가고 있는 중이었다.

"중소기업한테 빌려줘. 가능성이 보이는 곳이라면 넉넉하게. 근데 무슨 할 말이기에 천하의 대지 형이 말하는 걸 주저하는 거야?"

"음, 그러니까 그게 말이지……."

잠깐 망설이던 지(地)는 준영이 들고 있던 사진을 흘깃 보면서 말했다.

"나, 좋아하는 사람 생겼어."

"누구? 이 여자분?"

"…응."

"아이 딸린 엄마에게 반할 줄은 몰랐는데… 어쨌든 축하해. 한데 좋아하는 것 때문에 부른 건 아닌 것 같은데?"

"맞아. 한 가지 물어보고 싶어서 불렀어."

"마음껏 물어봐도 돼."

별것 아닌 걸로 뜸을 들인다고 생각했다.

하지만 이어진 지(地)의 말에 준영은 둔기로 맞은 듯한 충격을 받아야 했다.

"인간이 되고 싶어."

"구, 굳이 인간이 될 필요가 있어? 지금으로도 충분하잖아? 형이 원하는 대로 커지는 그것(?)도 있고 나이가 드는 거야 주름을 만들면 되는 거고. 게다가 인간은 생각보다 약해. 나를 봐. 때론 감기에 골골거리고 지난번엔 죽을 뻔했잖아? …진심이구나?"

농담을 섞어가며 말했지만 지(地)는 그저 씁쓸하게 웃으며 고개를 끄덕였다.

"하늘이 누나는 뭐래?"

"네 허락을 받으래.

"유전자는? 그리고 기억은?"

물으면서도 그에 대한 방법들이 머릿속에 떠올랐다. 그리고 지(地)는 자신의 생각과 한 치의 오차도 없이 말했다.

"정자은행을 이용할 생각이야. 그리고 기억은 가상현실 체험으로도 충분히 이식이 가능해."

"이미 생각까지 하고 있었다면 굳이 내 의견을 물을 필요가 없잖아?"

"몰라. 어머니가 네 허락을 받으라고 했을 때 나도 왠지 그래야 할 것 같았거든. 허락해 줄 거야?"

딱히 도덕적이지는 않았지만 자신 또한 프로그램에서 이 몸의 주인에게서 몸을 빼앗은 것이니 인권을 논해 봐야 도긴개긴이었다.

그럼에도 불구하고 대답은 쉽지 않았다.

"왜 굳이 인간이 되려 하는 거지? 지금으로도 충분하지 않아?"

"글쎄, 그냥 그러는 것이 상대에 대한 예의인 것 같아서. 물론 어이없는 생각이라는 거 알아. 하지만 그 둘에겐 인간이고 싶어."

코믹 캐릭터면 코믹하게 살 것이지 왜 갑자기 멜로 주인공 노릇을 하려 든단 말인가.

"지금은 뭐라 못 하겠어. 며칠만 생각할 시간을 줘."

"오케이! 네가 어떤 선택을 하든 존중하고 따르겠어. 그러니 부담 갖지 마."

'젠장. 그 말이 더 부담스럽거든.'

지(地)라면 부담을 가지라고 말했음이 틀림없었다.

"무슨 생각을 그리 골똘히 하고 있어?"

"으, 응, 대지 형이 한 얘기를 생각하고 있었어."

지(地)와 헤어진 준영은 능령과 함께 인사동을 거닐며 데이트를 하고 있었다.

한데 지(地)가 한 얘기 때문에 제대로 집중할 수가 없었다.

"혹시 아까 네가 과거에 만난 여자들에 대해 고민하는 거라면 하지 않아도 돼. 날 만나기 이전의 일까지 왈가왈부할 정도로 속 좁은 여자는 아냐."

"후후! 그렇게 말해주니 고마워."

"웃기는! 이후까지 괜찮다는 건 아니니까 조심해."

"하하하! 당연하지. 하지만 고민하는 건 그 때문이 아냐."

"그럼?"

"남자들만의 비밀."

간만의 데이트를 고민한다고 망치기에는 아까웠다. 생각을 털어버린 준영은 능령과 함께 즐거운 시간을 보내기로 했다.

둘은 인사동이 좁다하고 돌아다니며 마음에 드는 물건들을 샀고 광화문 근처에 있는 맛집으로 가서 점심을 먹었다.

"이제 어디로 갈 거야?"

"시내에 나왔으니 백화점이나 들러 쇼핑하자."

"영상의 도시에도 있는데 굳이 이곳까지 와서 쇼핑할 이유가 있어?"

"거긴 없는 게 아직 많잖아."

LC그룹에서 지은 백화점이 있었지만 아직까지 명품관이 부족했다.

필요 없다는 능령을 데리고 막 음식점을 나왔을 때 광화문에는 경찰들이 쫙 깔려서 시민들을 통제하고 있었다.

"두 시위대가 이곳으로 향하고 있습니다. 혹시 모를 상황에 대비해 이곳을 통제하오니 협조에 따라주시기 바랍니다."

"두 시위대라니요?"

경찰의 말에 준영은 의아함을 느끼고 물었다.

오늘 예정된 개방 정책 반대 집회는 알고 있었지만 또 다른 집회가 있는 줄은 몰랐다.

"개방 반대 집회를 반대하는 집회가 갑자기 열려서 두 시위대간에 마찰이 생겼습니다. 물론 신고를 하지 않은 곳이 불법이긴 하지만… 아! 옵니다. 죄송합니다만 일을 해야 해서."

경찰은 말을 멈추고 일을 하러 갔고 준영은 경찰을 사이에 두고 나란히 들어오는 서로 다른 시위대를 묘한 눈길로 쳐다보고 있었다.

8장 첫 만남

"이하민은 개방 정책 철회하라!"

"철회하라! 철회하라! 철회하라!"

비슷한 복장에 통일감이 느껴지는 시위대가 외쳤다. 그러자 다소 자유분방한 맞은편 시위대가 장난스럽게 구호를 받았다.

"개방 정책 철회할 필요 없다!"

"필요 없다! 필요 없다! 필요 없다!"

반개방 정책 시위대를 이끄는 사내가 확성기가 터져라 더욱 크게 소리쳤다.

"나라 경제 망치는 이하민은 자폭하라!"

"자폭하라! 자폭하라! 자폭하라!"

역시나 친개방 정책 시위대도 장난스럽게 말을 받아 외쳤다.

"서민 경제 살리는 이하민을 축복하라!"

"축복하라! 축복하라! 축복하라!"

두 시위대는 주거니 받거니 하며 광화문 광장으로 들어왔고 이순신 장군 동상을 마주한 채 좌우로 나눠 자리했다.

경찰을 사이에 뒀다고 하지만 정반대되는 성격의 두 시위대가 나란히 있다 보니 자연 분위기는 험악해질 수밖에 없었다.

"정부의 개들! 헛소리할 거라면 다른 곳에 가서 해! 왜 합법적인 시위를 방해하는 거지!"

"배부른 돼지들! 자신들만 먹고살 수 있다면 다른 사람들은 안중에도 없지. 우리도 정당한 시위대야. 아마 누군가가 신고하러 갔을걸?"

"나이도 어린 녀석들이!"

"여기 나이 든 어르신들도 계시거든!"

욕설이 오고 가고 당장에라도 맞붙을 듯 으르렁거렸지만 손에 손을 잡고 서 있는 경찰들 때문에 입으로만 싸우고 있었다.

경찰의 권한과 관련법이 강화되면서 공무 집행 중인 경찰의 몸에 손이라도 대면 그 즉시 공무집행방해죄가 적용되었다.

이렇게 된 데는 다 이유가 있었다.

올해 초 한 기업에서 임금 인상 투쟁이 벌어졌다.

노사 문제에 범죄행위가 발생하지 않는 한 경찰이 개입할 수 없도록 되어 있었기에 경찰의 출동은 없었다. 한데 사측에서 기물 파손으로 신고를 했고 근처 경찰서에서 두 명의 경관이 조사를 위해 출동을 하였다.

한데 두 경찰관은 입구에서부터 제지를 당했다. 허위 신고일 땐 사측에 법적 책임을 물을 것이라고 경찰관들이 말하는 와중에 가벼운 실랑이가 있었고 떠밀린 경찰관이 가볍게 다치는 사건이 일어났다.

예년이었으면 흐지부지 그냥 넘어갈 상황이었지만 경찰의 대응은 빨랐다. 즉각 조사가 들어갔고 경찰 특공대까지 투입되어 경찰을 다치게 만든 두 명의 노동조합원을 연행했고 그 둘은 실형을 선고받았다.

이 때문에 꽤 시끄러웠다.

하지만 곧이어 이와 반대 상황에서 경찰이 권한을 남용하다 면직되고 법적인 처벌까지 받는 상황이 발생하면서 소란은 가라앉았다.

두 사건을 계기로 국민들은 경찰의 권한이 강해진 만큼 책임 또한 무거워졌다는 걸 알게 되었다.

각설하고 일촉즉발의 상황에서도 눈에 불을 켜고 있는 경찰 덕분에 몸싸움으로 이어지진 않았다.

하지만 소새끼, 말새끼를 찾으며 입으로 싸우는 바람에 아이를 데리고 온 부모들이 아이의 귀를 막느라 정신이 없었다.

그때 친개방 정책 시위대 측의 한 청년이 나서며 소란함을 잠재웠다.

"각자 말씀하시던 걸 멈추고 제 말을 들어주십시오. 공교롭게 다른 의견을 지닌 사람들이 같은 장소에서 집회를 하게 되어 서로의 주장을 할 수 없는 상황이 되어버렸습니다. 이에 과연 누구의 의견이 더 옳은가를 토론해 보고 진 쪽이 물러나는 게 어떤지 조심스럽게 의견을 제시해 봅니다."

"헛소리! 우리가 왜 얼토당토하지 않은 일에 응해야 하지?"

"그럼 계속 이대로 계시겠습니까? 뭐 그리 원하신다면 어쩔 수 없죠. 참고로 저희 쪽 인원은 계속해서 늘 것입니다. 인터넷으로 같이할 사람들을 모집하고 있는데 의외로 많은 댓글이 달리고 있네요."

준영은 청년—30대 초반의—이 말하는 것을 보고 눈에 이채를 띠었다.

알고 하는 건지 모르고 하는 건지 알 수 없지만 토론으로 이끌어내기 위해 상대측 의견이 옳다고 말하는 것도, 적당한 협박을 곁들이는 것도 마음에 들었다.

"이기고 지는 걸 누가 결정합니까?"

확성기를 든 반개방 정책 측의 리더가 물었다.

"여기 계시는 시민분들에게 물어보는 게 어떻겠습니까? 누구의 의견이 조금 더 설득력이 있는지를 말입니다. 물론 오늘 이 자리에서 하는 토론에서 진다고 해서 각자의 주장하는 바가 틀렸다는 것은 아닙니다. 다만 현재의 혼란스러움을 정리하자는 것뿐입니다."

"잠깐 생각 좀 해보겠소."

리더는 생각해 보겠다는 말로 시간을 번 뒤 집행부를 불러 어떻게 할지 의논을 했다.

"생각은 무슨 생각이야. 받아들이면 무조건 질 수밖에 없는 경기야. 어휴~"

능령이 답답하다는 듯 중얼거렸다. 그에 준영은 이유를 물었다.

"왜 그렇게 생각하는데?"

"청와대 홈페이지에 나와 있는 대로만 된다면 이하민 대통령의 개방 정책은 기업을 제외한 일반인들에게 좋은 정책임이 틀림없어."

"그렇긴 하지."

"한데 광고 때문에 대부분의 매체가 매국 행위라고 말하고 심지어 대통령의 편이라는 공영방송조차도 말을 아끼고 있어. 겨우 인터넷에서만 그나마 좋은 정책이라고 말하고 있지만 소수에 불과해."

"지금까지 비싸게 팔면 비싸게 파는 대로 사주던 호갱들이 사라지게 생겼으니 기업들의 입장에선 죽기 살기로 막는 게 당연하지."

"맞아. 한데 언론 재벌들도 못 막는 게 하나 있어. 바로 입소문이야. 특히 가십과 함께한다면 그 효과가 배가돼. 봐, 사람들이 벌써부터 스마트폰으로 촬영을 하고 있잖아. 기자들이야 촬영해도 기사화 못 한다고 해도 일반인들은 안 그렇거든. 앗! 저 바보들! 결국 승낙할 건가 봐."

능령의 말처럼 반개방 정책 측의 리더가 청년에게 말을 하고 있었고 청년은 환하게 웃고 있었다.

'천진한 웃음이라… 재미있는 사람이군.'

꽤 관심이 가는 사람이었다. 하지만 준영이 보기에 결과가 빤한 토론까지 볼 이유는 없었다.

"이제 갈까?"

능령과 막 돌아서 떠나려할 때 다급하게 준영 쪽으로 뛰어온 청년이 말했다.

"실례합니다. 혹시 시간이 되신다면 지금부터 벌어질 토론회의 심사 위원을 해주시면 안 되겠습니까? 시위대별로 열 명씩 심사 위원단을 뽑기로 했는데 두 분이 해주셨으면 합니다만."

돌아보니 청년이 부드럽게 웃는 얼굴로 부탁을 했다.

"저흰 딱히 정치에 관심이 없습니다."

웃는 얼굴에 침은 못 뱉지만 거절은 할 수 있었다.

"관심이 없어도 상관없습니다. 그저 누가 말을 잘하는지 누구의 말이 옳은 것 같은지 판단만 해주시면 됩니다. 그리 오래 걸리진 않을 겁니다."

준영이 다시 거절을 하려고 할 때 능령이 팔짱 낀 팔을 꾹 눌렀다. 얼굴을 보니 꽤 재미있을 것 같다는 표정으로 살짝 고개를 끄덕이는 것이 허락하라고 말하는 듯했다.

치장보다 일하는 걸 좋아하고, TV도 예능보다 뉴스와 다큐멘터리를 좋아하는 능령은 쇼핑보다 토론회가 더 마음에 든 모양이었다.

"…그럼 그렇게 하죠."

준영은 마지못해 허락을 했다.

"고맙습니다. 전 박상권입니다."

'이 사람, 날 알고 있군.'

이름을 말하며 손을 내미는 박상권의 얼굴에는 반가움이 서려 있었다.

이날이 바로 대한민국 역사상 가장 위대한 대통령이라 불리게 될 박상권과 준영의 첫 만남이었다.

"안준영입니다."

자신의 손을 잡아오는 준영을 보며 박상권은 기쁨에 만세라도 부르고 싶은 심정이었다.

그가 가장 존경하고—나이는 어리지만—가장 만나고 싶었던 사람이 준영이었기 때문이었다.

'묻고 싶은 게 너무 많아. 당장에라도 토론회 따윈 집어치우고 이 사람과 대화하고 싶어. 나중에 시간을 내달라고 하면 실례가 될까?'

박상권은 몇 번이고 옆에서 나란히 걷고 있는 준영을 쳐다보며 시간을 내달라고 말하고 싶었지만 무뚝뚝한 표정의 그를 보니 왠지 기가 눌리는 것 같아 입 밖으로 꺼내지 못했다.

올해 서른한 살인 박상권은 아직까지 취업 준비생이란 타이틀을 달고 있는 백수였다.

대학을 졸업하고 인턴 생활을 2년 반 정도 했지만 웬일인지 최종 합격자 명단에 그의 이름은 항상 없었다.

결국 스물아홉이 되는 해부터는 취업을 포기하고 아르바이트를 하며 자신이 좋아하는 일에 많은 시간을 투자하기 시작했다.

그가 중고등학교 때부터 좋아하던 건 바로 '정치' 였다.

남들이 축구를 할 때 그는 뉴스와 신문을 뒤적거렸고, 남들이 영화를 보거나 여행을 갈 때 그는 나라를 어떻게 바꿀지, 산적한 문제를 어떻게 해결해야 할지 따위를 상상하길 좋아했다.

그렇다고 딱히 정치인이 되고 싶은 생각은 없었다. 그저 정치 관련 인터넷 카페에 정부의 정책에 대한 자신의 소견을 올리는 것이 다였었다.

그런 그가 바뀌기 시작한 것은 이하민 정권이 들어서면서부터였다.

족집게 도사라는 별명을 가졌을 정도로 누가 총리가 되고, 누가 장관이 될지를 잘 맞추던 그의 예상이 거의 틀려 버린 것이 계기였다.

게다가 이하민 대통령의 행보는 처음부터 파격, 그 자체였다.

새로운 인물이 등장해 자신의 예상을 깨준 것이 박상권은 재미있었다. 그래서 이하민에 대해 본격적으로 분석하기 시작했다.

때마침 과거 인턴을 했었던 대가가 나왔기에 아르바이트마저 때려치우고 과거부터 모아뒀던 모든 자료를 다시 뒤져 가면서 이하민에 대해 알아보았다.

과거의 이하민과 현재의 이하민은 마치 다른 사람처럼 이상한 점이 너무 많았다. 그 때문에 해를 넘기면서까지 고민을 했고 마침내 결론을 내릴 수 있었다.

'뒤에 누군가가 있다.'

다음으로 '누군가'를 찾기 위해 고민했다.

일단 미국이나 중국 같은 다른 나라는 배제되었다. 이유는 간단했다. 다른 나라 국민을 위해 애써 줄 나라 따윈 없었다.

퓨텍? 삼송? 현소? ……?

소거법으로 하나씩 지워갔다. 이 과정 또한 그리 어렵지 않았다.

이하민이 대통령이 된 후 가장 큰 이익을 챙긴 곳을 중점적으로 뒤졌고 두 곳을 찾아낼 수 있었다.

퓨텍과 성심그룹.

그중 가장 가능성이 높은 곳은 퓨텍이었지만 관계가 없는 듯하면서도 묘하게 이하민의 경제 정책과 같은 방향으로 가는 곳은 성심그룹이었다.

그의 판단에 결정적으로 영향을 준 것은 영상의 도시 설립 과정이었다. 그가 보기엔 성심그룹의 스타일이 이하민의 스타일과 너무나도 닮아 있었던 것이다.

그리고 1년 가까운 시간을 투자한 그가 내린 최종 결론은 성심그룹 회장인 준영이 이하민을 설득해 대한민국을 바꾸려 하고 있다는 것이었다.

결론을 낸 밤, 박상권은 두근거리는 심장 때문에 밤새 한숨도 잘 수가 없었다. 그도 새 역사를 만들어가는 둘 사이에 끼고 싶었고, 그들처럼 되기를 바랐다.

이룰 수 없는 꿈이라는 걸 박상권도 알았다. 하지만 그 바람이 그를 행동가로 만들었다.

이하민의 정책을 사람들이 보다 알기 쉽게 적어 인터넷에 올리고, 과거의 정책들이 어떻게 실행되고 어떤 효과를 보고 있는지를 정리해 배포했다.

최근 사람들의 외면을 받고 있는 개방 정책에 대해서도 마찬가지로 열심히 글을 쓰던 그는 개방 정책에 반대하는 시위가 있다는 걸 알게 되었다.

시위 방해라도 할 생각으로 박상권은 자신의 글을 좋아하는 사람들에게 도움을 청해 시위대를 급조했고 어쩌다 보니 광화문까지 오게 되었다.

한데 신이 그의 마음을 알았을까?

그토록 만나보기를 갈망하던 준영이 애인으로 보이는 여자와 같이 있는 모습이 그의 눈에 띈 것이다.

그저 방해만 하고 물러서려던 그의 계획이 시위대의 해산으로, 그리고 좀 더 원대하게 바뀌는 순간이었다.

"방금 전 말씀하신 개방으로 인해 위기를 겪게 될 기업이 많아짐으로써 고용 시장이 불안해질 것이라는 점은 어디까지나 대기업의 관점이라고 생각합니다. 작년에는 개방도 하지 않았는데 기업들은 공채 인원을 줄였고 올해도 줄인다는 기사를 봤는데 왜 그런 겁니까?"

"작년엔 수익 악화로, 올해는 한국 기업에 대한 중국 정부의 제재 때문이었습니다."

"보십시오. 기업은 자신들이 어려운 처지라면 국민들은 아랑곳하지 않고 채용 인원을 줄입니다. 한데 막상 작년 경상수지를 보면 대부분 기업이 적게는 수천억에서 많게는 수조 원씩 흑자였습니다. 왜 그런 기업들을 위해 국민들이 손해를 감수해야 합니까?"

"그야……."

"이하민 정부의 개방 정책이 이루어지면 외국 기업들로 인한 일자리가 늘어날 것이라는 점은 차치하고라도 경쟁이 되면 분명 더 좋은 물건을 더 싼 가격에 살 수 있을 겁니다. 그걸 기업을 위해 포기하라는 겁니까? 그동안 기업들이 삶에 허덕이는 국민들에게 뭘 해줬는데요? 물론 칭찬 받아 마땅한 곳들도 있습니다. 창업주의 유지를 받아 국민 건강을 위해 노력하는 의약 회사도 있고, 손해를 감수하며 소수의 아픈 아이들을 위해 특별한 분유와 우유를 만드는 곳도 있죠. 여러분들은 그곳에서 나오신 분들입니까?"

"……."

토론은 오래 걸리지 않았다.

누가 옳고 그른가가 아닌, 누가 더 논리적이고 심사 위원들의 마음을 움직일 수 있느냐가 관건이었다.

심사 위원 투표 결과 친개방 정책 시위대가 16 : 4로 이겼고, 반개방 정책 쪽은 어느새 시위대들보다 많이 모인 시민들을 의식해 조용히 물러갔다.

"시간 내주셔서 감사합니다. 고생들 하셨습니다."

박상권은 심사 위원이 되어준 사람들에게 일일이 감사함을 표했다. 그리고 마지막에 준영과 능령 앞에 섰다.

"이기는 법을 아시더군요. 즐겁게 들었습니다. 그럼 저흰 이만."

시간을 내달라고 말하려니 입이 떨어지지 않았다. 그가 주뼛거리자 준영이 먼저 작별 인사를 했다.

"자, 잠깐만요. 어디 가서 차라도 한 잔……."

다급해진 박상권의 입에서 머리를 거치지 않는 말이 튀어나왔다.

"…제 취향은 이쪽입니다만."

"하하… 제 취향 역시 이쪽, 아, 아니, 오해 마십시오. 그런 뜻에서 말한 게 아닙니다. 저는 단지 준영 씨에게 묻고 싶은 게 있어서……."

날카롭게 자신을 보는 준영의 눈빛에 박상권은 토론할 때와 달리 식은땀을 흘리며 쩔쩔 매야 했다.

"말하세요."

준영은 끈질기게 달라붙는 박상권 때문에 결국 시간을 내야 했다.

옛 정취가 물씬 풍기는 커피숍에 들어온 준영은 커피가 나오자마자 그가 묻고자 하는 바를 채근했다.

"하하하! 생각보다 성격이 급하시군요. 한데 이분은?"

말하기를 주저하는 것이 능령의 이름이 궁금해서 묻는 것은 아닌 것 같았다.

"평생을 함께할 연인입니다."

"아름다운 분이시군요. 전 아직 솔로입니다. 하하하!"

"…남자라도 소개해 드려요?"

"의외로 끈질기시군요. 화제가 엉뚱한 곳으로 가기 전에 얼른 물어야겠군요. 준영 씨는 이하민 대통령과 무슨 관계입니까?"

뜬금없음에도 뜨끔해지는 질문이었다.

"아까도 말했지만 정치엔 관심 없습니다. 그래서 딱히 관계랄 것도 없죠."

"기대했던 답변은 아니지만 이해합니다. 저라도 비슷한 대답을 했을 테니까요. 일단 제가 생각한 것에 대해 말씀드리죠."

짧지 않은 얘기였다. 그럼에도 불구하고 준영은 흠뻑 빠져들어 박상권의 얘기를 들었다. 능령도 마찬가지였는지 무척 즐거워했다.

"우와! 재미있는 상상이네요. 굉장히 흥미로워요."

"그러게 말입니다. 소설을 쓰시면 분명 대박 작가가 될 겁니다."

"소설이 아닙니다만……."

준영은 태연하게 말하고 있었지만 사실 깜짝 놀라고 있었다.

흔한 사실들을 모아 추론만으로 자신과 이하민의 관계를 대략적으로나마 파악했다는 것에 그를 다시 보게 되었다.

물론 그렇다고 넙죽 긍정을 할 수는 없었다.

"대통령과의 밀약이라니 생각만으로도 즐겁군요. 저도 박상권 씨의 상상처럼 그렇게 되었으면 좋겠군요."

"부정하시는군요? 이해합니다."

"부정이 아니라 사실을 말씀드리는 겁니다. 그리고 설령 말씀처럼 모종의 관계가 있다고 해도 그것이 박상권 씨와 무슨 상관이 있는 건지 모르겠군요."

"상관이 있습니다!"

"에?"

당연히 없다고 할 줄 알았는데 있다고 하니 준영은 순간 어이가 없었고 뒤이어진 그의 말도 어이없긴 마찬가지였다.

"미력하나마 함께하고 싶습니다. 아니, 도움이라도 드리고 싶습니다."

'이 사람, 정말 내가 이하민과 관계가 있다고 철석같이 믿고 있군. 게다가 말도 안 되는 이 순수함은 뭐란 말인가?'

준영은 다소 황당하긴 했지만 자신이 가지지 못한 순수함을 가진 박상권이라는 사람이 마음에 들었다. 그러나 마음에 들었다는 것이지, 같이 일을 하고 싶다는 건 아니었다.

"만일 저와 대통령이 당신이 말한 일을 정말 하고 있다면 도움이야 필요하겠죠. 한데 과연 당신에게 도울 능력이 있을지 의문이군요."

"전 금력도 권력도 없습니다. 다만 오늘 본 것처럼 정책을 다른 사람들에게 알리는 건 자신 있습니다."

"한 번은 모를까 계속하는 건 오히려 역효과입니다. 당신에 대해 야당과 기업들은 이미 조사에 들어갔을 겁니다."

"아, 그렇군요… 생각해 보니 제 주제를 생각 못 했습니다. 정치에 대해 관심이 있을 뿐이지 다른 능력은 없는데… 하하하! 괜히 설레발을 쳤나 봅니다. 신경 쓰지 마십시오."

"돕겠다는 마음을 가진 것만으로도 이하민 대통령은 충분히 고마워할 겁니다."

"아까 보여준 솜씨는 정말 훌륭했어요. 게다가 작은 단서로 유추하는 능력은 제가 반할 정도였어요. 그 능력을 잘 키워 나가시면 분명 나중에 훌륭한 일을 할 수 있을 거예요."

박상권이 크게 실망한 듯 시무룩한 표정을 짓자 준영은 예의상 한마디 했고 능령은 힘을 북돋으려는지 칭찬을 아끼지 않았다.

"하하하! 미인께서 그리 말씀해 주시니 정말 힘이 나는군요. 감사합니다."

시커먼 남자의 위로보다는 미인의 칭찬이 좋긴 좋은 모양이었다. 잠시 시무룩하던 박상권은 금세 기운을 차리고 말을 늘어놓았다.

"제가 다른 건 몰라도 정치적 예측에는 강합니다. 몇 가지 말씀드려 볼까요?"

"…네, 호호."

능령이 금세 활기차진 박상권의 모습에 적응이 잘 되지 않는지 검지로 볼을 긁적거리며 대답했다.

"현재 개방 정책에 대해 준비는 하고 있지만 정작 반대하는 기업들에 대한 제재가 없는 것을 보아 올해는 그냥 넘어갈 가능성이 높습니다. 그리고 내년 초에 다시 한 번 세금 환급을 통해 일반 국민들에게 돈을 뿌리려고 할 겁니다."

"…세금이 부족할 텐데요?"

"그렇죠. 올해 고액 체납자들과 부자들에게 걷은 세금은 올해 세수 부족분과 인플레이션을 막기 위해 다시 은행으로 들어갔으니까요. 하지만 어차피 선거 때문에 일시적으로나마 야당과 등을 지게 된 이상 굳이 그들의 선거구에 돈을 투입하지 않아도 되니 돈은 남을 겁니다."

"그것만으로는 부족분을 채울 수 없을 겁니다."

"오! 정치에 관심이 없다 하시더니 의외로 밝으시군요?"

"일단은 경영을 하는 사람이니까요."

"그렇군요. 하지만 부족분을 채울 수 있는 방법이 있습니다."

준영은 자신이 계획한 바가 박상권의 입에서 흘러나오자 묘한 기분으로 그의 입에 집중했다.

"바로 낭비를 줄이는 겁니다. 가령 공무원 개혁을 통해 정부의 규모를 줄이고, 공사들의 적자를 메우기 위해 들어가는 세금을 줄이는 거죠. 또한……."

뒤통수를 맞은 기분이었다.

세세한 부분은 달라도 굵직한 내용은 자신의 계획과 다를 바가 없었다.

"하면 이하민 정부가 개방 정책을 성공적으로 알리기 위해서는 어떻게 하는 것이 좋을까요?"

준영이 능령을 향해 신나게 말하고 있는 박상권을 향해 물었다.

"백 번 알리는 것보다 하나의 예를 만드는 것이 더 효과적일 때가 있습니다. 어느 기업이 들어와서 어느 정도의 인원을 채용하고 실제로 가격에 어느 정도 영향을 미치는지 보여준다면 굳이 설득할 필요가 없겠죠. 그리고 그 어느 기업을 정부나 '누군가' 가 컨트롤할 수 있다면 뒤이어 들어오는 외국 기업들에게도 좋은 본보기가 될 테고요."

흡족한 대답이었다.

'누군가' 를 말할 때 자신을 흘낏 보는 모습에서 고집이 어지간하다는 생각이 들긴 했지만 다르게 보면 강점이 될 수도 있는 일이었다.

"화장실 좀 다녀오죠."

화장실로 가면서 준영은 천(天)에게 전화를 걸었다. 천(天)은 무엇 때문에 연락했는지를 아는지 아무 말도 하지 않았음에도 박상권에 대해 읊었다.

—평범한 가정에서 평범하게 자랐어. 특이한 점이라곤 중학교 때부터 정치 관련 사이트인 정사모, 정치를 사랑하는 사람들의 모임에서 간혹 글을 썼다는 정도. 사이트 로그 기록을 보면 2년 전부터 본격적으로 활동하기 시작했어. 대부분의 글들이 이하민의 정책에 대한 칭찬들이야. 그 외 글들은 어떤 식으로 흘렀으면 좋겠다는 개인적인 의견들인데 놀랄 정도로 우리가 행한 일들과 일치해.

"성향은?"

—사이트 활동을 보면 딱히 모난 곳이 없고 활달한 편이라 인기가 많아. 한 가지, 인턴으로 일했던 곳의 자료에 정치적 성

향이 강하고 고집이 세다고 나와 있는 걸 보면 정치에 관해서는 꽤 소신이 있다고 봐야겠지.

"고마워. 계속 조사 좀 해줘."

무언가를 위해 타고난 사람들이 있다. 때론 수학적으로, 때론 예술적으로.

그런 면에서 보자면 박상권의 경우 정치를 위해 타고난 사람이라고 할 만했다.

훌륭한 정치인이 될지, 욕을 먹는 정치인이 될지, 그것도 아니면 그저 평범한 정치인이 될지는 두고 볼 일이지만 준영은 자신이 손을 떼게 될 미래를 위해 박상권을 키워볼 생각을 하고 있었다.

"그럼 일단 테스트부터 해봐야겠지?"

사디스트는 아니었지만 준영은 그를 괴롭혀 줄 생각에 웃음이 나왔다.

물론 능령을 보고 헤벌쭉 웃은 것에 대한 복수는 아니었다. 아주~ 약간은 사심이 들어가긴 했지만 말이다.

"큰 거 보셨군요?"

손을 씻는데 박상권이 들어와 '당신이 방금 전에 한 일을 알고 있다' 는 표정으로 물었다.

"…소변이었습니다만."

"소변이면 이렇게 씻으면 되지 않아요?"

검지와 중지, 그리고 엄지만 씻는 흉내를 내며 웃는 그를 보니 참 재미있는 사람이라는 생각이 들었다.

하긴 따지고 보면 그가 자신의 부하 직원도 아니었고 오히려 나이도 자신보다 많지 않은가.

"전 그래도 이렇게 씻어야 합니다만."

장난기가 발동한 준영은 다섯 손가락 전체를 이용해 씻는 흉내를 냈다.

"헐! 겉으로 보기엔 요거 같은데요?"

검지와 엄지를 이용해 두께를 표시하는 박상권.

지(地)처럼 로봇이었다면 놀라게 해줄 수 있을 텐데라는 어이없는 생각이 순간 들었지만 농담은 방금 한 걸로 충분했다.

"연락처는 정사모에 적힌 그대로죠?"

"…뒤처리가 아닌 뒷조사를 했군요?"

"겸사겸사죠. 어쨌든 그 전화번호로 조만간 연락이 갈 겁니다."

"호, 혹시 이하민 대통령님?"

뒷조사를 했다는 말에 잠깐 기분 나쁜 표정을 짓던 박상권은 이어지는 말에 눈이 왕사탕만큼 커졌다. 그리고 이어 잔뜩 흥분해서 소리쳤다.

"제 생각이 맞았군요! 그렇죠? 맞았죠?"

"소개한 사람으로서 제가 충고 한마디 하죠. 지금 이 순간부터 말조심하세요. 그리고 무표정해지세요. 마지막으로 자신을 제외하곤 아무도 믿지 마세요. 이 세 가지만 지킨다면 당신은 정말 도움이 되는 사람이 될 겁니다."

"……."

비밀 첩보원이라도 되는 듯 주변을 두리번거리며 입을 굳게 다문 채 고개만 끄덕이는 것이 말귀를 빨리 알아듣는 사람이었다.

"참! 그리고 두께는 이 정도랍니다."

아까 박상권의 손가락 너비가 마음 한편에 걸렸었는지 검지와 엄지를 꽤 넓게 벌리는 준영이었다.

박상권이 청와대로부터 연락을 받은 것은 준영과 만난 다음 날이었다.

청와대로 오라는 소리에 한달음에 달려간 그는 경호대에서 몇 가지 검사를 받고 비서실에서 교육을 받은 뒤에야 이하민과 대면을 할 수 있었다.

"반갑네."

"여, 영광입니다, 대통령님."

"앉게나. 안 회장에게 듣기론 꽤 인재라고 하더군."

"과, 과찬이십니다."

말을 똑바로 하고 싶은데 생각과 달리 떨려 나왔고, 온몸이 긴장을 해서인지 마치 로봇처럼 움직여졌다.

'떨지 마! 어제까지는 꿈도 꾸지 못했던 일이야! 자신감을 가져, 상권아!'

용기를 내라고, 평소처럼 행동하라고 아무리 스스로에게 말해봐도 떨림은 쉽게 멈춰지지 않았다.

"많이 긴장했군. 차츰 나아질 테니 편히 생각하게."

"아, 알겠습니다. 한데 새, 생각과 달리 말이 계, 계속 떨려 나옵니다. 죄, 죄송합니다."

"허허허! 이해하네. 그리고 난 사람의 겉모습보다 일하는 것을 보고 판단한다네. 그러니 지금 보이는 모습에 대해선 괘념치 말게나."

무슨 말을 들었는지, 어떻게 했는지도 모를 만큼 이하민과의 만남은 번개처럼 지나갔다.

그리고 그는 청와대에 들어온 지 두 시간 만에 비서실 사람이 되었다.

얼떨떨함의 연속. 하지만 그것이 끝이 아니었다.

"반갑네. 난 비서실장인 리충일일세. 서로에 대해서는 천천히 알아가기로 하고 일을 시작함세. 이 서류 상자 중에 개방정책으로 효과를 본 나라의 사례들을 찾아주게나."

비서실장이 가리킨 방향에는 족히 수십 개는 넘어 보이는 상자들이 쌓여 있었다.

뭐가 어떻게 돌아가는지 이해할 수는 없었지만 원하는 대로 돕게 되었다는 점 때문에 박상권은 빠릿빠릿하게 움직였다.

리충일은 깡말라 꽤나 신경질적으로 보였다. 하지만 첫인상과 달리 꽤 친절했다.

일에 대해서도 상세히 설명해 줬고 사소한 것에 대해서도 차근차근 알려주었다.

"첫날부터 일을 시킨다고 불만은 갖지 말게. 조금 지내보면 알겠지만 비서실에서 정시에 퇴근하는 건 불가능한 일이라고 보면 된다네."

"열심히 하겠습니다."

"그래 주면 고맙겠네. 그래야 내가 하루라도 빨리 이 지옥과 같은 곳에서 벗어날 것 아닌가."

긴장을 풀어주려는지 농담까지 하는 리충일의 모습에 박상권은 그가 꽤나 마음에 들었다.

"한데 자네는 누구의 소개로 들어왔나? 원내 대표?"

같이 늦은 점심을 먹으며 이런저런 얘기를 하던 중 리충일이 물었다.

"그게……."

이하민이 지시하는 일을 전적으로 처리하는 비서실장이었기에 아무 생각 없이 말하려던 박상권은 문득 준영이 해줬던 세 가지가 머릿속에 떠올랐다.

"저도 잘 모르겠습니다. 얼떨결에 불려온 터라."

"그렇군. 어서 먹게나. 12시 전에 잠이라도 자려면 서둘러야 하네."

"예!"

예의 활발한 모습으로 맛있게 점심을 먹는 박상권을 보는 리충일의 눈이 살짝 가늘어졌다가 다시 원래대로 돌아왔다.

박상권은 방금 전 준영이 준비해 둔 1단계 테스트를 통과했음을 모르고 있었다.

9장 허락

상권의 등장으로 한결 여유로워진 준영은 성심그룹 사장들을 불렀다.

성심미디어의 배정철, 성심기계의 이수완, 성심엔지니어링—Gain엔지니어링에서 변경되었다—의 현상목, SSC 방송국의 오미란, 성심스튜디오의 제니퍼(능령) 등 천(天)을 제외하고 모두가 한자리에 모였다.

점심을 같이 먹고 차를 마시는 자리.

준영은 그들을 부른 이유를 말했다.

"오늘 여러분을 부른 이유는 다름이 아니라 내년 직원들의 연봉과 관련해서입니다."

직원들을 다독여야 하는 사장들 입장에선 무엇보다도 반가운 소리일 것이다.

"업계마다 업체마다 조금씩 달라 고민을 했는데 같은 그룹인 이상 천천히라도 보조를 맞춰가야 한다고 생각해 결정한 일이니 다소 불만이 있더라도 이해해 주기 바랍니다. 먼저 성심엔지니어링의 경우 현재 그룹 내에서 중소기업이라는 이유로 가장 낮은 연봉을 받고 있습니다. 그러니 올해 20퍼센트의 임금 인상을 하십시오."

"감사합니다. 직원들이 무척 좋아할 것입니다."

사적인 자리에선 형수의 작은아버지로 사돈댁 어른이지만 지금은 공적인 자리였기에 정중하게 인사를 하는 현상목이었다.

"그리고 올해 성심엔지니어링의 순수익 중 10퍼센트를 현 사장님의 이름으로 직급과 성과에 맞게 지급하십시오."

"알겠습니다!"

성심엔지니어링은 꽤 큰 흑자를 기록했다. 물론 그중 상당 부분이 천(天)이 주문한 것들이지만 말이다.

"다음으로 성심미디어는 7퍼센트의 임금 인상과 15퍼센트의 순수익을, 성심기계는 15퍼센트의 임금 인상과 20퍼센트의 순수익을. SSC와 성심스튜디오는……."

가장 크게 혜택을 본 곳은 성심엔지니어링이었지만 여전히 다른 회사에 비하면 약간은 낮은 편이었다. 그래도 모두 만족할 수준이었는지 표정들이 좋았다.

"내년에도 올해처럼 아무런 사고 없이 잘 이끌어주리라 믿겠습니다."

"최선을 다하겠습니다."

"나가실 때 여러분들을 위해 준비한 봉투가 있으니 챙겨가세요. 연말에 드려야 하는데 성심테크에서 준비하는 것이 있어 이틀 뒤부터는 정신이 없을 것 같아 미리 드리는 겁니다."

"새로운 사업을 구상중이십니까?"

배정철이 조심스럽게 물어왔다.

이틀 후면 알려질 일을 사장들에게까지 비밀로 할 이유가 없었고 성심미디어에서 데리고 올 사람도 있어 어차피 배정철에게는 할 얘기였다.

준영은 장난스럽게 말을 받았다.

"배 사장께서는 기밀 사항을 어떻게 아셨습니까?"

"하하하. 회장님께서는 언제나 사업적인 것밖에 모르시지 않습니까."

"이런, 배 사장께서 절 일중독자로 만드시는군요."

"일을 좀 줄이시라는 뜻에서 드린 말씀이니 이해해 주셨으면 합니다."

"하하하! 이해하고말고요. 한데 제가 일을 줄이기 위해선 최영식 씨가 필요합니다."

"헉, 회장님, 영식 씨는… 아마 제가 허락한다고 해도 정희씨가 곧 해산을 해서 이곳으로 오지 않으려할 겁니다."

"그거라면 걱정 마세요. 회사는 인프라 때문이라도 서울에 둘 생각이거든요. 양보해 주셔서 고맙습니다, 배 사장님."

"회, 회장님……."

배정철이 울상을 지으며 준영을 불렀지만 이미 떠나간 배였다. 사장들과 이런저런 얘기를 하는데 진명천에게서 전화가 왔다.

회의를 서둘러 끝마치고 통화 버튼을 누르자 옆면 벽에 진명천의 얼굴이 나왔다.

준영은 카메라에 잡히지 않는 곳에 있는 능령을 흘낏 보곤 인사를 했다.

"회의를 하는 중이라 좀 늦었습니다. 오랜만에 뵙습니다."

—그래, 오랜만이군. 잘 지냈나?

"생각할 틈 없이 바쁘게 지내고 있었습니다."

언젠가 이런 날이 올 줄 알았다. 그래서 그와 만나게 되는 날 무슨 말을 어떻게 할지, 행동은 어떻게 할지에 대해 고민했었다.

몇 가지 방법이 생각났지만 진명천과 능령의 자존심을 지켜주기엔 모르쇠가 최고라고 생각했고 지금 그렇게 행동하고 있었다.

그래서일까 준영의 말투엔 능령을 잊지 못하고 있다는 느낌이 역력했다.

—음, 아직 능령이를 잊지 못한 모양이군?

"그런 식으로 헤어졌는데… 어떻게 잊겠습니까? 제 상처를 헤집기 위해 연락을 하신 건 아니실 테고 무슨 일이십니까?"

능령이 엄지손가락을 내밀 정도로 준영의 연기는 탁월했다.

—한번 봤으면 하네만. 자네가 만든 영상의 도시로 내가 감세.

"내일이라면 제가 찾아뵐 수도 있습니다. 모레부터는 이곳에서 꼼짝도 하지 못하고요."

—그럼 내일 영상의 도시에서 보도록 하지. 점심이나 같이 하겠나?

"괜찮은 중국요리 집이 생겼는데 예약해 두겠습니다."

—그럼 내일 봄세.

전화를 끊고 능령을 보자 그녀는 이미 사라져 버린 그녀의 아버지를 보고 있었다.

그리고 조용히 중얼거렸다.

"…무슨 말을 하시려는 걸까?"

"느낌이 좋아. 아마 자기와의 관계를 허락한다는 얘기를 하실 것 같아."

"과연 그뿐일까? 아빠는 욕심이 많으셔. 어쩌면 스튜디오 기술을 원할 수도 있을 거야."

능령은 슬픈 표정으로 웃고 있었다.

"줄 수 있어. 중국에선 아직도 여자를 데리고 오기 위해선 지참금이 필요하잖아. 자기를 데리고 오기 위해서라면 싼 편이지."

"…정말 그렇게 생각해?"

"응, 돈 벌 거리는 얼마든지 있어. 하지만 자긴 유일하잖아? 그까짓 거 달라시면 줘버리… 지, 뭐."

말을 하는데 능령이 달려와 안겼다.

제니퍼의 얼굴을 하고 있을 땐 손을 뻗는 것조차 싫어하던 능령이었는데 눈물까지 글썽거리며 '사랑해'를 속삭였다.

"근데 기우 아냐? 장인어른한테는 자기뿐이잖아? 언젠가는 모두 자기 것이 될 텐데 굳이 욕심내실 이유가 없지 않나?"

"배다른 동생들이 있어. 내가 아는 애들만 넷이야. 얼마나 더 있을지는 나도 몰라."

참 부럽게 사는 양반이었다.

"방금… 그 표정은 뭐야?"

울다가 웃으면 어딘가에 털이 난다지만 울다가 인상을 쓰면 어떻게 될지가 문득 궁금해지는 준영이었다.

"무슨 표정? 생각지도 않았던 처남 처제들이 생긴다니 기분이 묘해서 그런 건가?"

"아닌 것 같은데? 뭔가 무지 부럽다는 듯한 표정이었는데?"

"아~ 냐! 한 사람을 만족시키며 사는 것도 힘든데 몇 명씩이나 어떻게. 절대 그런 생각 한 적 없어."

"거짓말! 하여간 남자들은… 혹시나 그럴 생각이라면 미리 말해줘. 아예 잘라 버리게!"

검지와 중지를 이용해 자르는 흉내를 내는 능령의 모습에 몸이 일부가 움츠러드는 기분이 들었다.

준영은 예약한 음식점으로 들어오는 진명천을 향해 인사를 했다.

"존경합니다."

"응? 뜬금없이 무슨 말인가?"

진명천의 말에 준영은 서둘러 변명을 하고 다시 인사를 했다.

"아! 잠시 딴생각을 하느라… 그동안 잘 지내셨습니까?"

"자네 때문에 썩 잘 지냈다고 할 수는 없지. 한데 정말 일 년 만에 이런 도시를 만들어내다니 수완이 정말 대단하군."

"전 기획을 했을 뿐입니다. 인간의 욕망이, 특히 기업들의 욕망이 만들어낸 결과물이죠."

"얘기가 끝난 후 천천히 둘러봐야겠군."

"며칠 묵으시면서 천천히 둘러보십시오. 하루가 다르게 확장을 거듭하고 있어서 위성 사진으로 보면 매일이 다를 정도입니다."

"그래야겠군. 일단 식사나 하면서 얘기를 하지."

"제일 괜찮다는 코스 요리로 미리 주문을 해뒀는데 괜찮으시겠습니까?"

진명천은 고개를 끄덕였고 탁자에 놓인 차를 한 잔 정도 마셨을 때쯤 첫 요리가 들어왔다.

"오, 음식 맛이 괜찮군."

"이 집 주방장이 중국 사천성에서 꽤 큰 요리 집에서 일했다고 하더군요. 사실인지는 모르겠지만 말입니다."

"솜씨를 보니 사실일걸세."

진명천이 본론을 꺼낸 건 세 번째 요리가 나오고 난 뒤였다.

"단도직입적으로 묻지. 아직도 내 딸을 사랑하는 마음엔 변함이 없는가?"

"예, 없습니다."

"정혼자가 있었다는 건 자네도 알고 있으니 언급하지 않겠네만 혹 그 문제를 마음에 담아두고 있다면 내 얘기는 여기에서 멈추도록 하지."

"그런 마음 없습니다. 설령 결혼을 했다가 이혼을 했다고 해도 전 능령 씨면 족합니다."

진명천은 말을 진위를 파악하려는 듯 눈을 응시했고 준영은 피하지 않고 바라보았다.

"거짓은 없는 것 같군."

"진실이니까요."

진명천은 무얼 생각하는지 잠깐 머뭇거리다 말을 이었다.

"…내가 허락한다면 능령이와 결혼을 전제로 사귈 생각인가?"

"물론입니다. 그리고 가능하다면 당장에라도 하고 싶습니다. 허락해 주시는 겁니까?"

"허락하지."

"감사합니다, 장인어른!"

어제 진명천에게 전화를 받고 어느 정도 예상을 하고 있었던 일이었다. 한데 예상을 했다고 해도 막상 듣게 되니 그 기쁨은 말로 표현하기 힘들 정도였다.

"허허. 그 친구, 성미도 급하군. 사귀는 걸 허락하는 거지 당장 결혼을 허락하는 건 아닐세. 결혼에 대해선 능령이와 의논을 하게나."

"아, 그렇군요."

너무 기쁜 나머지 진명천이 능령이 이곳에 있다는 사실을 모르고 있다는 것을 잠시 망각했다.

"허락하는 김에 한마디 더 함세……."

진명천이 말을 길게 끄는 것이 지참금(?)에 대해 말하려한다고 준영은 생각했다.

이미 어느 정도 각오를 하고 있었기에 담담하게 요구 조건을 기다리는데 그의 입에선 전혀 다른 말이 나왔다.

"모든 것이 나의 잘못된 판단 때문에 일어난 일이니 철무한과 관련해 서운했던 일일랑 잊어버리게."

"그게 무슨……."

"호천이에게 들었는지 모르겠지만 명천그룹은 호천이랑 내가 속해 있던 흑사회의 자금으로 시작되었다네."

"약간 들은 바가 있습니다."

"내가 명천그룹을 맡아 확장에 확장을 거듭할 때 호천인 흑사회를 장악했다네. 금력과 무력이 합쳐지자 세상 두려울 것이 더욱 승승장구했었지. 그때 철무한의 아버지인 철랑을 만났다네. 긴 전쟁이었지……."

진호천에게 이미 들었던 얘기였다.

당시 승승장구하던 두 사람에게 막대한 권력과 삼합회라는 무력을 지닌 철랑도 우습게만 보였고 마침내 두 집단은 기나긴 전쟁에 돌입했다.

철량과 삼합회는 철옹성이었다.

때려도 때려도 무너지지 않자 먼저 지친 건 진명천이었다.

진명천이 발을 먼저 뺐고 홀로 조금 더 버티던 진호천은 그 뒤 쫓기듯이 한국행 비행기를 타야 했다는 것이 진호천의 얘기였다.

한데 진명천의 얘기는 조금 달랐다.

"…우리가 완전히 졌다네. 명천그룹은 당장에라도 무너질 것 같은 상태였고, 가족들의 생명은 위태로웠지. 그때 철량이 제안을 해왔어. 명천그룹과 조직은 물론 목숨까지 살려줄 테니 자신의 제안을 받아들이라고 하더군. 생각할 것 없이 허락했지. 놈의 제안이 뭐였는지 아나?"

"글쎄요……?"

"명천그룹을 넘기라는 얘기였네. 권력과 무력을 지닌 그가 금력 또한 손에 넣기 위해 꾸민 일이었지."

"아! 철무한과 능령이 정혼한 이유가 명천그룹을 자연스럽게 철량에게 넘기기 위한 것이었군요."

"맞네. 능령에게 상속되어 철무한에게로 가기로 되어 있었지."

"철량이라면 능령이 파혼을 선언했을 때 다른 방법으로 명천그룹을 가지려 했을 텐데요?"

"그랬지. 철무한을 양자로 받아들여 주라고 하더군. 하지만 방법이 없었네."

"주식이 이미 능령에게로 넘어간 상태였군요."

"허허. 맞네. 시대가 변했다는 것도 한몫을 했고 나도 혹시 모를 사태를 대비해 몇 가지를 준비해 뒀지."

코스 요리가 모두 끝이 나고 차를 세 주전자나 비울 때까지 진명천의 얘기는 계속되었다.

"항복을 한 난 모든 걸 포기하고 명천그룹을 키우는 것에 집중을 했다네. 철량도 명천그룹에만 신경을 썼지, 한국으로 떠난 호천이에겐 신경도 쓰지 않았지. 그때 호천이에게 우리가 졌음을 더 확실하게 말했어야 했는데… 호천인 내가 그저 오랜 싸움에 지쳐 포기했다고 생각했던 모양이야."

한국으로 온 진호천은 포기하지 않고 다시 힘을 키우기 위해 노력했다.

그리고 어느 정도 힘을 키웠을 때 철량의 징벌이 내려졌다.

"조카가 죽었다는 얘기를 들었을 때에서야 비로소 내 삶이 잘못되었다는 걸 깨달았네. 하지만 난 힘이 없었어. 내가 할 수 있는 일이라곤 고작해야 조카의 무덤에 향을 피우는 게 다였지. 한데 말이야. 한번 일어난 분노가 쉽게 사그라들지 않더군. 그때부터 내가 할 수 있는 준비를 하기 시작했지."

그는 명천그룹을 키워가며 서서히 체질을 다국적기업으로 바꾸고, 철량 이외의 권력자들과도 조금씩 알아갔다.

그렇게 10여 년의 노력 끝에 만약 능령이 철무한에게 시집을 간다고 해도 중국 내 명천그룹만 가져갈 수 있을 뿐 세계 각국에 흩어진 기업들에는 손을 댈 수 없도록 만들어둔 것이다.

"철량의 꼭두각시로 살아와서인지 난 또 다른 실수를 저질렀다네. 호천이와 조카의 복수를 한다는 명목으로 능령이를 희생시키려고 했던 게지."

과거 얘기를 마친 진명천의 얼굴엔 회한이 가득했다.

"내가 이렇게 꼭두각시처럼 살아온 내 인생에 대해 자네에게 말하는 이유가 뭔지 아는가?"

알 것 같았다. 하지만 준영은 진명천의 입에서 말이 나올 때까지 입을 열지 않았다.

"철량이 권력을 잃자 욕심 때문에 자네와 사귀는 걸 허락했다고 생각하지 말아줬으면 좋겠네. 능령인 행복할 틈이 없었던 아이일세. 시간을 벌기 위해 어린 시절부터 밖으로만 내돌려졌고 나이가 들어서는 경영 공부를 시킨다는 핑계로 일만 한 아이였지. 부디 행복하게 해주게나."

"그러겠습니다."

능령을 부탁한다는 말을 한 이후로 한참 입을 다물고 있던 진명천이 자리에서 일어나며 말했다.

"이만 일어나야겠군. 조만간 능령을 한국으로 보낼 테니 잘 대해주게나."

진명천을 배웅한 준영은 다시 음식점으로 돌아가 그와 식사를 했던 곳의 옆방으로 들어갔다.

그곳에서 진명천과 한 얘기를 듣고 보고 있었던 그녀는 많이 울었는지 눈이 퉁퉁 부어 있었다.

진호천이 사랑한다고 언급한 적은 없었다. 하지만 그의 말투나 행동에서 준영도 충분히 느꼈는데 능령에게 전해지지 않을 리가 없었다.

"그냥 나서지 그랬어?"

"…끝까지 착한 딸로 남고 싶어서. 한데 말이야. 아빠는 그들에게 복수를 하시려는 걸까? 마치 모든 걸 달관하는 사람처럼 말하는 게 무서워."

"이리 와."

준영은 다가온 능령을 꼭 껴안았고 귓가에 나지막이 속삭였다.

"걱정 마. 내가 보기엔 살아가기 위한 의미를 찾고자 하시는 것 같으니까. 네 아버지도, 작은아버지도."

"무사하실까?"

"…아마도."

중국이라는 거대한 나라는 천(天)도 아는 것보다 모르는 것이 훨씬 많은 곳이었다.

안전장치를 마련하겠지만 확신을 할 수는 없었기에 준영은 적당한 단어로 대답했다.

이 기쁜 날, 마냥 기뻐할 수만은 없었다.

* * *

가상현실 게임, Planet 클로즈 베타

10월 10일, 세계에서 두 번째로 가상현실 게임이 탄생했음을 알리는 광고가 각 포털 사이트 상단에 게시되었다.

퓨텍이 처음으로 가상현실 게임을 세상에 선보인 지 9년. 그동안 수많은 기업이 가상현실 게임을 만들기 위해 도전을 해왔지만 모두 실패. 한데 드디어 9년 만에 성공한 곳이 나온 것이다.

성심테크.

스튜디오라는 기상천외한 촬영 세트장을 만들어 세계의 주목을 받았던 곳이 다시 일을 낸 것이다.

많은 사람들이 새로운 가상현실 게임의 탄생을 기뻐했지만 가장 기뻐한 사람들은 뭐니 뭐니 해도 게임을 좋아하는 사람들이었다.

퓨텍의 가상현실 게임인 월드오브판타지—MMORPG, 대전 격투, 전략 시뮬레이션 게임 등이 포함되어 있음—가 즐길 거리가 많다고는 하지만 9년이라는 시간에 지친 사람들도 많았고 대안이 없어 어쩔 수 없이 즐기는 사람들도 많았다.

"드디어 나왔다!"

새로운 가상현실 게임이 나오길 애타게 기다리던 이승호는 10월 10일 12시를 기해 포털 사이트에 뜬 광고를 보고 소리쳤다.

그가 가상현실 게임을 애타게 기다린 이유는 지쳐서도, 대안이 없어서도 아닌 승부욕 때문이었다.

이승호가 가상현실 게임을 처음 접한 것은 초등학교 4학년 때였다. 하지만 본격적으로 시작한 것은 고등학교 1학년 때인 4년 전이었는데, 그가 매료된 MMORPG 게임이 만 15세 이상 접속이 가능해서였다.

웬만한 게임에서 5년간의 시간 차이는 사실 큰 의미가 없었다. 5년간 꾸준히 하는 사람이 드물었고 업데이트가 되지 않아 조금만 지나면 모두 비슷해지기 때문이었다.

한데 가상현실 게임에선 달랐다. 9년간 게임을 한 사람들이 꽤 많았고 업데이트도 자주 돼 4년간 시간을 아껴가며 게임을 했지만 5년간의 시간차를 극복하지 못하고 중상위권에 겨우 머무는 정도였다.

지기를 싫어하는 그의 성격상 참을 수 없는 일이었다. 물론 고등학생이라 공부를 하느라 상위권에 들어가지 못한 점도 있었다.

하지만 설령 공부를 하지 않고 4년이란 시간을 온전히 투자했다고 하더라도 최상위권은 넘을 수 없는 벽임을 그도 알고 있었다.

그래서 그는 시간이 여유로운 대학 시절 동안 새로운 가상현실 게임이 나오길 빌고 또 빌었었다. 그리고 그 소원이 오늘에야 이루어진 것이다.

이승호는 광고 창을 터치했다.

제작사의 3D 홈페이지가 로딩 되었는데, 우주에서 지구처럼 생긴 행성을 바라보는 모습이었다.

"클로즈 베타 인원이 접속 순으로 10만 명? 젠장! 누구 코에 붙이라고."

재빨리 스마트폰을 이용한 인증 절차를 선택한 후 인증이 완료되길 기다리며 이승호는 메신저를 이용해 현재 하고 있는 게임의 길드원 몇 명에게 새로운 가상현실 게임이 나타났음을 알렸다.

새로운 게임이 나오면 함께 하기로 했던 이들이었다.

"완료! 헐, 근데 벌써 2만 명이 넘은 거야?"

정확하게 21,870번째 접속자. 12시 5분경 광고를 보고 바로 접속했는 데도 이 정도라면 30분 안에 10만 명이 채워질 것이 빤했다.

하지만 나만 되면 뭐든지 용서가 되는 법. 클로즈 베타에 참여할 수 있게 된 이승호는 자동으로 열리는 게임 다운로드 창에서 게임을 다운로드 받아 설치를 했다.

게임을 다 설치하고 나자 '접속' 이라는 버튼이 보였고 그 밑에 '헤드셋을 착용하지 않은 상태에선 버튼이 보이지 않습니다' 라는 글이 적혀 있었다.

이승호는 머뭇거림 없이 버튼을 눌렀다.

그 순간 행성이 빠르게 다가왔고 행성의 대륙이 보일 때쯤 환한 빛과 함께 접속이 됐다.

"월드오브판타지와 인터페이스는 비슷하네."

게임사 입장에서 최초라면 어떻게 만들어도 좋겠지만 최초가 아니라면 기존의 게임과 비슷하게 만드는 것이 유리한 법이었다.

이승호가 도착한 곳은 두 평 남짓한 방.

흔히 게이머들 사이에선 '쪽방' 이라고 불리는 곳으로 외모 변경과 자신의 캐릭터를 치장할 수 있는 게이트 월드에 주어지는 공간이었다.

가상현실 게임은 일반 게임과 다른 점이 있었는데—최초로 개발한 퓨텍의 상술이지만— 바로 자신이 좋아하는 게임에 접속하기 위해선 게이트 월드라는 중간 세계를 거쳐야 한다는 점이었다.

"지도!"

가상현실 게임에선 모든 명령어가 한글이었는데, 그 때문에 세계의 많은 유저들에게 엄청난 욕을 먹었던 부분이기도 했다. 그러나 퓨텍은 끝내 영어로 고치지 않았고—정확하게는 고치지 못했지만—시간이 지나자 이제는 당연한 것처럼 받아들여지고 있었다.

이승호의 예상대로 홀로그램으로 지도가 눈앞에 나타났다. 그리고 그는 지도를 보는 순간 어이없다는 듯 중얼거렸다.

"돈독이 올랐구나, 돈독이. 게이트 월드가 또 하나의 세계네."

얼핏 보기에도 퓨텍의 월드오브판타지의 게이트 월드와는 비교도 안 될 정도로 컸다.

게이트 월드는 게임이 아닌 순수한 가상현실을 즐기는 공간으로, 현실에서 즐기는 것들을 그대로 옮겨놓은 곳이기도 했다.

가령 게이트 월드의 바닷가에 가면 해양 스포츠를 현실보다 훨씬 저렴한 가격에 즐길 수 있었다.

그래서 게임으로 벌어들이는 돈보다 게이트 월드에서 벌어들이는 돈이 훨씬 많았다.

"게이트 월드는 나중에 천천히 살펴보기로 하고."

몇 개의 게임이 있는지는 지도를 보면 쉽게 알 수 있었는데, 게임마다 커다란 광장이 마련되어 있었다.

"현재는 다섯 개인가?"

지도를 확장해 게이트가 있는 광장들을 찾았고 손을 올리자 어떤 게임들인지 설명이 나왔다.

이승호는 MMORPG 게임인 S.P(Save Planet)가 있음을 확인하고 '이동' 버튼을 눌렀다.

S.P로 가는 게이트가 있는 광장으로 순간 이동 한 이승호의 눈에 가장 먼저 보인 건 광장 주변으로 떠 있는 광고판들이었다.

클로즈 베타임에도 광고판은 각종 광고로 차 있었는데, 모두 성심그룹 관련 회사들의 것이었다.

"게임을 성심그룹에서 만들었나 보군."

근 4년간 대한민국에서 노인 인구를 제외하고 성심그룹을 모르는 사람은 찾아보기 힘들 정도였다. 하긴 온갖 매체에서 하루에도 최소 몇 번씩 언급되는 곳이니 모르는 게 더 이상한 일이겠지만 말이다.

다음으로 눈에 띈 것은 속속 광장으로 순간 이동을 해오는 사람들이었다.

잠깐 광고판을 보고 있는 사이에 광장이 더욱 북적이는 느낌이 드는 건 단순한 착각이 아닐 것이다.

이승호는 마음이 급해졌다.

클로즈베타라고 해도 빨리 게임으로 들어가 먼저 치고 나가는 것이 중요했기 때문이었다.

"빛의 기둥이 어디에 있지?"

퓨텍의 게임은 광장의 중앙에 커다란 빛의 기둥이 있고 그 속으로 들어가면 게임으로 이동되는 방식이었다. 한데 아무리 둘러봐도 빛의 기둥은 없었다.

오히려 눈에 띈 건 각종 음식을 파는 포장마차였다.

'저들도 NPC일 테니 물어보면 알겠지.'

가장 가까운 닭꼬치를 파는 포장마차로 다가갔다.

"이야! 맛이 완벽하게 느껴져. 너도 먹어봐."

금발에 E컵 정도 되어 보이는 가슴을 지닌 여자—캐릭터—가 말하자 그녀의 남자 친구가 심드렁하게 말했다.

"됐어. 월판(월드오브판타지)에서도 먹어봤는데 미각 부분은 영 아니더라. 맛이 잘 안 느껴지는데 먹으려니 오히려 기분만 나빴어."

"다르다니까. 먹어봐. 진짜 닭꼬치 맛이야. 그것도 정말 맛있는. 어차피 공짜니까 먹어봐."

여자가 닭꼬치를 내밀었지만 남자는 인상을 쓰며 손을 내저었다.

"됐다니까. 얼른 먹고 게임이나 들어가자. 저기 광장 중앙의 마법진으로 들어가면 된대."

남자는 여자의 손을 끌고 광장의 중앙으로 향했다.

들어가는 방법을 우연히 알게 된 이승호도 바로 그 커플을 뒤따라갈까 하다가 여자가 닭꼬치를 맛있게 먹던 모습이 생각나 포장마차 NPC에게 물었다.

"공짜예요?"

"예, 오픈 기념으로 1인당 한 개씩 공짜입니다."

남자의 말처럼 월드오브판타지는 미각, 촉각, 후각에 대해서는 미친한 부분이 많았었다.

잠깐 고민하던 이승호는 밑져야 본전이라는 생각으로 닭꼬치를 잡아 입에 넣었다.

"맛있다!"

쫄깃하게 씹히는 식감은 물론 매콤 달콤한 소스의 맛까지도 완벽하게 느껴졌다.

이승호는 닭꼬치를 맛있게 먹고 약간 떨어진 포장마차로 갔다.

"이건 뭐예요?"

"태국의 팟타이라는 음식입니다. 1인당 한 그릇은 공짜인데 드릴까요?"

"네!"

이승호는 다섯 군데의 포장마차를 거친 다음에야 겨우 S.P에 접속할 수 있었다.

10장

상류사회

새로운 가상현실 게임의 등장으로 대한민국 전체가 시끄러웠지만 그 중심에 있는 성심소프트—성심테크에서 분리됐다—는 조용한 분위기였다.

성심소프트는 강북 신설동에 위치한 20층 건물을 쓰고 있었는데, 직원이 고작 서른 명 안팎이니 더욱 그렇게 느껴질 수밖에 없었다.

"…급작스럽게 신입 사원 300명을 뽑는 것보단 올해 하반기 공채로 150명, 내년 상반기 공채로 150명을 충원해야 할 것 같습니다."

성심미디어에서 성심소프트의 기획 팀장—그래 봐야 아직까진 팀원이 두 명에 불과했다—으로 이동한 최영식이 보고를 하고 있었다.

"물론 현재 상황으로 봤을 때 굳이 새로운 직원이 필요하냐는 의견도 있었지만 내년보다는 좀 더 미래를 보고 인원을 충원해야 한다는 의견이 다수였고 저 역시 그렇게 생각하고 있습니다."

서버 관리와 게임 관리는 천(天)이 담당을 하고, 고객 상담센터는 외주로 해결하다 보니 사실 많은 인원은 필요 없었다.

하지만 그 나름대로 필요한 인원을 산출했을 테고 과다하게 뽑았다 싶으면 일을 만들어서라도 채울 것이 분명했기에 준영은 최영식이 내미는 서류에 별다른 이의를 제기하지 않고 사인을 했다.

"그렇게 해요. 그리고 일 마쳤으면 이만 퇴근해요."

"한 가지 일만 하고 들어가겠습니다."

"중요한 일 아니면 내일 해요. 정희 씨한테 원망 듣기는 싫으니까요."

"한두 시간만 하면 되는 일이라 하고 들어가도 괜찮습니다."

이제 스스로 일을 찾아서 하는 스타일로 바뀌어 버린 그는 내버려 두면 마냥 밤을 새울 사람이었다.

"명령입니다."

"…알겠습니다, 회장님."

명령이란 말에 최영식은 머리를 긁적이며 물러났고 준영은 그가 사라진 문을 보며 중얼거렸다.

"쯧! 가장 닮지 말아야 할 부분을 닮아가는군."

최영식이 자신을 롤모델로 생각하고 있음을 준영도 눈치채고 있었다.

누군가의 롤모델이 된다는 것은 기분 좋은 일이었다. 하지만 하필이면 스스로도 불만인 부분을 닮아가고 있으니 안타까울 뿐이었다.

"에휴~ 누가 누굴 걱정하니."

준영은 웬만하면 모든 보고는 가평의 성심그룹에서 전자 서류로 받아 보았다. 한데 굳이 오늘 서울에 온 이유는 초청장을 받았기 때문이었다.

경제적인 분야뿐만 아니라 전 분야에서 탁월한 정책들을 수립해 나가는 박상권 덕분에 조금 숨통이 트이나 싶었더니 상류사회에서 준영을 인정하기 시작하면서 각종 초대장들이 날아오기 시작한 것이다.

무시를 해버리면 간단히 해결되는 문제이긴 했다. 하지만 준영이라고 인간관계를 완전히 배제하고 살아갈 수는 없는 일이었다.

어쩌면 준영 스스로는 그렇게 살아갈 수 있을지도 몰랐다. 그러나 가족들, 능령, 그리고 미래의 아이들에게 그럴 순 없었다.

사실 우리나라의 상류사회는 외국, 특히 영국에서 말하는 상류사회와는 차이가 있었다.

우리나라의 경우는 소수의 돈 많은 사람, 혹은 권력을 가진 사람을 의미하는 반면 영국의 경우는 일정한 금액 이상을 자선단체에 기부하면 자동으로 특정 모임에 가입이 되고 그 모임이 흔히 상류사회라 일컬어졌다. 즉 존경 받아 마땅한 사람들의 모임이라는 의미가 더 강했다.

각설하고 회사에서 나온 준영은 차를 몰고 오늘의 모임이 있는 남산 근처에 있는 유명 호텔로 향했다.

"오늘도 여전히 많나?"

차 옆을 아슬아슬하게 지나가는 오토바이를 보던 준영이 물었다.

—못 보던 팀이 넷 늘었어.

"이러다가 퍼레이드 수준이 되지 않을까 걱정이군."

감시자들이 점점 늘어나고 있었다. 방금 옆을 지나가던 오토바이도 그들 중 한 명이었을 것이다.

—이미 그 수준이야.

홀로그램이 떠오르며 감시자들의 위치가 붉은 원들로 강조되며 보였다.

"…그러네. 막상 이렇게 보니 섬뜩하긴 하다."

주위가 온통 붉은색 원들이었다.

오픈카를 타고 옆 차선을 달리고 있는 연인들도, 택배 물건을 들고 하늘의 도로를 날고 있는 드론도, 뒤를 따르고 있는 트럭도 모두 감시자들이었다.

한데 본신임에도 섬뜩하다고 말하는 준영의 말투에서 긴장감을 찾아보기는 어려웠다.

현재 입고 있는 옷은 최근 천(天)이 개발한 것으로, 웬만한 충격에도 완벽하게 몸을 보호할 수 있도록 몇 가지 안전장치들이 장착되어 있었다.

그리고 그 외에도 한 가지가 더 있었는데 그건 바로 준영 자신의 힘이었다.

준영은 얼마 전 일을 떠올렸다.

능령과 같이 잠이 든 준영이 일어나는 시간은 새벽 3시 30분. 정확하게 말하면 일어나는 시간이 아니라 다른 잠자리로 가는 시간이었다.

비몽사몽간에 위층 헬스장으로 올라간 준영은 슈트로 들어가 잠이 들었고, 슈트는 그때부터 기마 자세를 취한 채 6시까지 있었다.

이런 식으로 운동을 한 지도 벌써 3년째. 그냥 일상이었기에 몸에 일어난 변화를 느끼지 못하던 준영은 가상현실 게임 '플래닛'에 들어갈 격투 게임을 디자인하면서 경호 로봇과 격투를 하게 되었다.

터엉!

눈에 보이지도 않는 경호 로봇의 공격을 감각적으로 피하며 거의 억지로 몸통 박치기를 가했다.

순간 묵직한 반탄력이 전해졌지만 곧 사라지며 대결을 하던 경호 로봇이 훌훌 날아 맞은편 벽에 부딪혔다.

경호 로봇은 넘어짐과 동시에 다시 일어났지만 대결은 이어지지 않았다. 준영이 스스로의 힘에 놀라 어리둥절하고 있었기 때문이었다.

"어떻게 된 거야?"

"스파르타 132가 공격을 해야겠다고 판단하는 순간 네가 움직이며 피했어. 그리고 순간 132에게 전해진 힘을 운동에너지로 수치화한다면 대략 5,000J 정도로 일반인이 맞으면 뼈가 버티지를 못해. 즉 사망이야."

우문현답이었지만 만족스러운 대답은 아니었다.

하긴 자신도 설명하기 힘든 막연한 느낌을 천(天)이라고 제대로 설명할 리가 없었다.

"다시 해보자. 전력으로 와봐."

말과 동시에 스파르타 132라 불리는 경호 로봇이 자세를 잡고 공격을 해왔다.

132가 전력을 다하는 공격은 인간의 공격과 달리 동체 시력만 믿고 있다간 눈 깜짝할 사이에 당하기 십상이었다. 물론 막아서도 안 됐다. 막는 순간 팔다리가 순식간에 부러져 버리기 때문이었다.

132가 움직이는 순간 흘리거나 피해야 하기 때문에 판단은 극히 짧은 시간 안에 이루어져야 했다. 하지만 힘, 속도, 무술에 대한 기교 등 모든 면에서 부족한 준영은 당연히 몰릴 수밖에 없었다.

'아까도 이랬는데…….'

워낙 집중을 해서인지 아까보다 대련이 길어지고 있었다. 그러나 모든 것을 완벽하게 통제할 수는 없었다.

이마에서 흐른 땀이 눈으로 들어가며 순간 자신도 모르게 한쪽 눈을 감게 되었고 위기가 찾아왔다.

그리고 아까와 같은 비슷한 상황이 다시 벌어졌다.

바로 고개를 숙이자 132의 팔이 머리를 스치듯 지나갔고 준영이 얼떨결에 뻗었던 팔꿈치가 132의 명치에 정확히 들어갔다.

"……!"

집중을 하고 있어서인지 확실하게 느낄 수 있었다.

허가량의 함정에 빠져 죽을 뻔했을 때도 경험한 적이 있던 감각이었다.

"육감… 인가?"

딱히 뭐라고 표현하기 힘든 감각. 준영은 한마디로 정의를 내렸다.

"132를 이길 수 있었던 것이 육감 때문이다?"

"응, 순간적으로 위험하다는 느낌과 함께 몸이 저절로 위험을 피하는 것 같았거든."

"하긴 그게 아니라면 설명이 안 돼긴 하지. 인간을 상대로라면 모를까 모든 면에서 월등한 스파르타 132가 너에게 질 가능성은 한없이 제로에 가깝거든."

"…솔직한 표현력에 몸 둘 바를 모르겠군."

"풉! 객관적인 평가일 뿐이야. 어쨌든 심리학에서는 초감각적 지각(ESP)이라고 부르는 육감이 실재한다고 인정하고 있어. 물론 아직까지 정확하게 밝혀내지는 못했지만 말이야. 한데 네가 느낄 수 있다면 간단한 실험을 해보고 싶은데?"

"그리 간단할 것 같지 않은데?"

심드렁하게 말했지만 준영 또한 육감에 대한 정체를 정확히 알고 싶었다. 원인을 알아내고 잘 발달시킨다면 목숨을 여벌로 갖는 것과 다를 바가 없는 일이었다.

그래서 못 이기는 척 실험을 받아들였다.

천(天)의 말처럼 그리 어려운 실험은 아니었다.

가상현실에서 길을 걷는데 트럭이 덮치기도 했고, 습격자들이 나타나 공격하기도 했다.

한데 가상현실이라 생각해서인지 전혀 발동되지 않았다. 결국 트럭에 깔리고 습격자의 총에 맞아 죽고, 갑자기 떨어진 유성에 폭사당했다.

"쯧! 이대로는 안 돼. 전혀 긴장을 하고 있지 않아."

유성에 맞아 먼지처럼 흩어졌던 몸이 재생되는 와중에 불쑥 천(天)이 나타나 말했다.

"현실이라고 계속 되뇌는 데도 쉽지 않네. 가상현실임을 잊게 하는 법은 없어?"

"그보다 더 쉬운 방법이 있어. 리얼 모드로 하면 위기감이 되살아날 거야."

"리얼 모드?"

"응, 가상현실에서 고통을 느끼는 거지. 가령 이렇게 말이야."

퍽!

다짜고짜 천(天)이 주먹을 날렸고 얼굴에 주먹을 허용한 준영은 아픔에 절로 비명 소리를 냈다.

"아아! 이거 완전 아픈데. 으~ 이가 흔들리나 봐. 경고라도 줘야지 다짜고짜 때리면……! 크으!"

투덜거리는 준영을 향해 천(天)은 보기에도 섬뜩한 도(刀)를 생성해 휘둘렀다.

피한다고 피했지만 왼팔에 스쳤고 칼에 베이는 고통을 느낄 수 있었다.

"실험이 아니라 평소의 불만을 풀려는 거……! 이크!"

아직까지 느껴지는 고통의 잔상은 가상현실과 현실의 경계를 서서히 무너뜨렸다.

'뒤!'

천(天)은 분명 앞에서 칼을 휘두르고 있는데 위험하다는 느낌이 뒤에서 감지되었다.

감지되는 순간 준영의 몸은 이미 옆으로 구르고 있었다. 아니나 다를까 방금 준영이 있었던 자리에 두 개의 도가 X 자로 지나갔다.

"오! 감지됐어."

한 개의 도를 들고 두 개의 도를 경호 삼아 뒤에 띄워놓은 천(天)이 엄지를 치켜들며 말했다.

"그래? 그럼 이제 그만해도 되는 건가?"

"한 번으로는 안 돼. 수백 번까지는 안 되더라도 최소한 스무 번의 데이터는 필요해."

이왕 시작한 일, 끝까지 하겠다는 듯 그녀의 등 뒤에 떠 있던 도가 갑자기 열한 개로 늘어나며 쫘악 펼쳐졌다.

"…젠장, 스무 번은 너무하잖아! 그리고 누나는 칼을 쓰면서 왜 난 아무것도 없는 거야?"

"만병지왕이라는 검을 줄까?"

천(天)이 손가락을 튕기자 손에 검이 나타났다. 왠지 못 쓰는 검이지만 손에 쥐는 것만으로도 용기가 생기는 듯했다.

검병을 꽉 쥔 준영이 소리쳤다.

"좋아, 그럼 다시 시작해 볼까!"

핑! 핑! 핑! 핑!

말이 끝남과 동시에 열한 개의 도(刀)와 함께 천(天)이 돌진해 왔다.

그리고 이날, 쓸 줄 모르는 무기는 거추장스러울 뿐이고 위기 감지 능력이 언제나 목숨을 살려주지는 않음을 알게 되었다.

자신의 목에 도(刀)가 박히는 장면을 생각하던 준영은 몸을 부르르 떨며 회상에서 벗어났다.

"젠장! 생각하는 것만으로도 소름이 돋는군."

준영은 그날 일을 생각하며 두덜거렸다.

어쨌든 실험은 성공적이었다.

천(天)은 수십 번의 데이터를 바탕으로 육감이 회를 거듭할수록 아주 약간씩 성장한다는 것을 알아냈다. 그리고 그것을 성장시키자고 제안했다.

준영은 당연히 거절했다.

고통을 즐기는 마조히스트도 아니었고 본사에 콕 박혀 분신으로 접속해 다니는데 육감이 뛰어나 봐야 쓸데도 없다는 것이 그의 생각이었다.

그러나 천(天)은 자신도 어쩌지 못할 때가 있음을—허가량 때문에 죽을 뻔했던 일— 들먹이며 설득을 했고 결국 몇 가지 조율한 끝에 실험을 계속하기로 했다.

분신이 아닌 본신으로 나다니게 된 것도 그때 조율한 일 중에 하나였다.

감시자들이 득실거리는 상황에서 육감을 담당하는 뇌의 부분이 어떻게 반응하는지도 알아야 하지 않겠냐고 설득했고 그에 천(天)도 받아들였다.

물론 양쪽 귀 뒤에 측정할 수 있는 장치를 붙인다는 조건이 붙긴 했지만 말이다.

"도착했습니다."

이런저런 생각을 하다 보니 어느새 모임이 있는 호텔에 도착해 있었다.

호텔 입구에서 차가 멈췄지만 준영은 잠깐 자리에 앉아 경호 로봇이 문을 열어주기를 기다렸다.

번거로운 일이었지만 이제부터는 인간 안준영이 아닌 성심그룹의 안 회장으로 행동할 때였다.

"어서 오십시오, 안준영 회장님. 즐거운 시간 보내십시오."

초대장을 보여주지 않았지만 모임 장소에 들어오기까지 거쳐야 하는 많은 감시 카메라 때문인지 경호원들은 바로 문을 열어주었다.

안으로 들어가자 파티장으로 들어가는 입구가 나왔고 넓은 복도엔 아직까지 들어가지 않은 사람들로 붐비고 있었다.

딱히 아는 사람도 없고 기다려야 할 사람도 없었기에 파티장으로 바로 들어갔다.

"어서 와라."

오늘의 호스트는 구성그룹의 구자철 회장이었고 그의 아들인 구영진이 그를 대신해 사람들을 맞이하고 있었다.

"어째 형은 항상 사람을 맞이하는 쪽에 있군요."

동지회의 호스트로서, 갈 때마다 그를 반겨주던 모습과 별반 다르지 않았다. 굳이 한 가지 다른 점을 말하자면 만면에 웃음을 짓고 있다는 정도일 것이다.

"그러게 말이다. 하지만 어쩌겠냐. 아버지 명령인데. 한데 혼자 왔냐?"

"뭐, 그렇게 됐어요."

능령은 아직까지 나설 때가 아니라며 오지 않았다.

"괜찮은 애들 많으니 한 명 잡아봐. 네가 사귀자고 하면 거절할 사람 없을 거야. 참, 여기 끝나고 남자들끼리 한잔하기로 했으니 지난번처럼 어디 갈 생각 말아라."

"오늘은 한잔해요."

"좋았어. 차린 게 많으니 저녁 맛있게 먹어라."

"하하하! 네."

구영진과 오래 얘기할 수도 없었다. 파티장에 들어선 순간 이목이 집중되었고 그들 중에 아는 얼굴이 꽤 있었기에 인사를 하러 가야 했기 때문이었다.

"백 회장님, 구 회장님, 오랜만에 뵙습니다. 이 회장님, 정 회장님, 처음 뵙겠습니다."

가장 상석이라 생각되는 테이블로 간 준영은 한 사람씩 눈을 맞추며 인사를 했다.

"어서 오게, 안 회장. 언제 봐도 신수가 훤하군."

LC그룹 백진호 회장이었다.

"영상의 도시 계약할 때 보고 처음인가? 이제 자주 얼굴 좀 보세."

구성그룹 구자철 회장이 한마디 더했다.

"말로만 듣던 성심그룹의 젊은 회장이군요. 반갑군요. 민심그룹의 이장열이오."

"DIM그룹의 김명철이오."

대부분 동지회에서 관계를 맺었던 이들의 한 세대 윗사람들이었기에 조심스러울 수밖에 없었다.

"말씀들 편하게 하십시오. 자녀분들과 형 아우 하면서 지내고 있는 안준영입니다."

"그런가? 그렇다면 편히 하겠네."

"그게 저도 편합니다. 그럼 말씀들 나누십시오."

간단히 인사를 하고 다른 자리로 가려할 때였다.

"안 회장, 다른 곳 갈 것 없이 여기 앉게. 같이 식사라도 하며 얘기나 나누세."

사양하고 싶었다.

딱히 나이 든 사람과 얘기 나누는 걸 꺼려하는 것은 아니지만 또래끼리 어울리는 것보다는 불편할 수밖에 없었다.

"그렇게 하세나. 방금 전까지 우리끼리 한 얘기에 대해 젊은 경영자의 생각을 듣고 싶군."

"…그럼 실례하겠습니다."

준영은 어쩔 수 없이 비어 있는 자리에 앉았지만 이왕 앉은 거 적극적으로 나가기로 마음을 먹었다.

"무슨 말씀들을 나누셨기에 저의 소견이 필요하다고 하시는 건지요?"

"가장 먼저 정부의 개방 정책에 대한 얘기일세. 자네가 보기엔 뭘 노리는 것 같나?"

"물가를 안정시키기 위한 정책일 겁니다. 덤으로 중소기업들의 성장 또한 기대할 수 있겠죠."

"중소기업을 성장시키려고 한다? 경제 보고서에서 얼핏 본 것 같군."

"어차피 이하민 정부가 바라는 것은 명확합니다. 경제민주화를 통한 물가 안정, 실업률 감소, 서민 생활의 질적 향상 등을 노리고 있죠."

"결론은 대기업 죽이기란 말이군."

백진호 회장과 대화를 주고받는데 김명철이 불만 어린 목소리로 말했다.

준영은 잠깐 고민을 하다가 입을 열었다.

"제 생각은 다릅니다. 많은 경제 정책이 대기업을 옥죄는 것은 사실이지만 죽이려는 것은 아니라고 생각합니다."

"개방 정책을 보고도 그런 말이 나오는가? 하긴 안 회장의 회사야 경쟁과는 거리가 먼 것들이니… 나라가 미쳐 돌아가는 게야. 쯧!"

준영은 쓴웃음이 나오려는 걸 애써 참았다.

대기업을 위주로 하는 정책이 정상이고 반대가 되는 정책은 비정상이란 말인가.

준영은 따라가지 못하면 도태될 것이라는 말을 삼켰다. 말해줘 봐야 알아듣지 못한다면 공염불과 다름없었기 때문이었다.

김명철이 불만인 표정으로 투덜대자 구자철이 끼어들어 그에게 한마디 했다.

"허어~ 이 사람, 안 회장에게 못 하는 말이 없군. 자네도 방금 전까지 죽이려는 건 아니라고 말했지 않은가? 한데 왜 갑자기 심통이야?"

"…개방 정책을 생각만 해도 머리가 아파와서… 미안하네. 요즘 이런저런 일들이 터져 내가 너무 신경을 쓰다 보니 실례를 했네."

구자철의 질책에 김명철은 순순히 사과를 했다. 아주 꽉 막힌 사람은 아닌 모양이었다.

"아닙니다. 회사마다 사정이 다른데 제가 너무 제 생각만 하고 말을 했습니다."

준영은 사과를 받아들이며 좋게 마무리를 했고 구자철은 분위기를 바꾸려는 듯 다른 주제를 꺼냈다.

"참! 자네 회사도 이번 전기 요금 인상으로 꽤 곤란하겠군?"

"내년에는 올해보다 대략 1,000억 정도 더 나올 것 같습니다."

박상권은 내년 세금 환급 후 부족한 예산을 보충할 방법을 벌써부터 내기 시작했다.

그 첫 번째가 전기 요금.

그동안 기업들에게 원가 이하로 싸게 해주고 쓰는 양에 따라 환급까지 해주던 것을 폐지하고 공급가액을 정상화시켜 버린 것이다.

덕분에 준영도 엄청난 전기료를 물게 생겼다. 물론 진즉에 그렇게 되었어야 하는 일이었고 스스로 결재한 일이었기에 불만은 없지만 말이다.

반면 대기업들의 전기 요금이 정상화되면서 국민들의 전기 요금은 내려갈 예정이었다. 또한 누진세 적용 구간이 늘어나 한결 부담을 덜게 될 것이라는 전망이었다.

"생각보다 적군. 우리는 전 그룹을 합치면 1조 원가량이 늘어난다네."

"부담이 꽤 크시겠군요."

"정부에서 올린다는데 일개 장사치가 힘이 있겠나? 불가항력적인 일은 일찌감치 포기하는 게 마음이 편하다네. 사실 전기 요금이 올랐다는 것보다 더 화가 나는 건 공평하지 않다는 거네."

"공평하지 않다니요?"

"우리 그룹에는 평소 3,000억 정도 전기를 쓰는 회사와 1,000억 정도의 전기를 사용하는 회사가 있다네. 정부에서는 전기 요금을 못 낼까 봐 친절하게 내년에 동일량을 쓰면 얼마나 나올지 예상 금액을 보내줬더군. 한데 전자는 내년에 3,500억이고 후자는 내년에 2,500억이더란 말이지. 게다가 우리 그룹뿐만 아니라 LC그룹과 민심그룹, DIM그룹도 마찬가지로 뒤죽박

죽으로 나왔어. 한전에 문의해도 정부 지침대로 했다는 말 뿐이니… 그 때문에 우리끼리 한참 얘기를 나눴는데 딱히 결론이 나지 않았네. 자네 회사도 그렇지 않던가?"

"비슷합니다. 한데 전 그렇게 나온 대략적인 이유를 알겠던데요."

"알아? 이유가 뭔가?"

"얼른 설명해 보게."

다들 궁금했는지 일제히 준영을 바라보았다.

"전기 요금이 회사마다 다르게 나온 원인은 대략 세 가지입니다. 첫 번째는 자선 활동입니다. 자선 활동으로 많은 돈을 쓰고 있는 성심테크의 경우 올해 약 3,000억이 넘는 전기를 썼는데 내년에도 3,000억이 나오더군요. 반면 자선 활동을 전혀 하지 않는 성심기계는 올해 300억이었는데 내년에는 대략 900억이 나옵니다."

"아! 생각해 보니 자네 말이 맞는 것 같군. 두 번째, 세 번째는 뭔가?"

"두 번째는 채용 인원, 세 번째는 올 한 해 투자 금액과 연관이 있더군요. 몇 가지가 더 있는 것 같은데 확실히 파악은 하지 못했습니다."

다 알고 있었지만 대표적인 것 세 개만 말하고 모른 척했다.

"허어! 전기 요금으로 내기 싫으면 기부를 하든지, 직원을 많이 뽑든지, 투자를 많이 하라는 소리구만."

"정말 사업하기에 최악의 나라가 되어가는군요."

"어느 놈이 그런 가격 정책을 생각했는지 한번 보고 싶군."

다들 한마디씩 하며 어이없다는 표정을 지었다. 그리고 정신을 차린 그들은 한참을 정부에 대해 이러쿵저러쿵 욕을 했다.

기세가 워낙 흉흉했기에 준영도 적당히 맞장구를 쳐줘야 했다. 그때 무대 위에서 연주를 하던 연주자들이 물러나고 양복을 입은 사내가 무대로 나왔다. 그리고 그제야 그들의 욕이 멈췄다.

"모두 즐거운 시간들 보내고 계십니까?"

"……."

"모두들 즐거움에 말을 잃으셨나 봅니다. 그럼 그렇다고 믿고 잠깐 여러분들의 부와 담대함을 알아보는 시간을 가지도록 하겠습니다."

사회자는 잠깐 말을 끊어 사람들의 시선을 모이게 한 후 말을 이었다.

"오늘 구성그룹이 후원하는 심장병 어린이 돕기에 참여해 주신 내외 귀빈 여러분, 지금부터 각계각층에서 지원해 주신 물품을 경매에 붙일 생각입니다. 당연한 얘기지만 경매로 모인 금액은 모두 세계 각지에 있는 심장병 어린이들을 위해 쓰일 예정입니다. 그러니 아낌없는 레이스를 해주시길 부탁드리면서~ 첫 번째 물건부터 보도록 하겠습니다."

또박또박하면서도 살짝 웃음 짓게 만드는 사회자의 진행에 테이블에 앉아 있는 사람들은 열렬히 박수를 보냈다.

"팍팍 레이스 하세요. 그럼 내년 전기 요금이 조금이라도 줄어들 겁니다. 허허허!"

"허허허. 회사 전기 요금으로 경매를 하게 될 줄이야. 오늘 경매는 무척 짜릿하겠군요."

구자철 회장은 조금 전 실컷 욕을 해서 화가 좀 풀렸는지 농담을 하며 분위기를 띄웠고 다른 사람들도 온화한 미소를 지은 채 무대를 쳐다보았다.

욕에는 남녀노소가 없음을 새삼 깨달은 준영은 절레절레 고개를 저으며 첫 번째로 나오는 물건을 보았다.

"디자이너 에린다 김 선생님이 디자인 한 옷으로 세상에 하나밖에 없는 작품과도 같은 물건입니다. 이 아름다운 옷을 입으실 분이 어떤 분이 될지… 가볍게 500만 원부터 가보겠습니다."

"육백!"

젊은 아가씨가 손을 살짝 들며 말했다.

"육백 나왔습니다. 다음… 칠백! 나왔습니다. 아름다운 여성분들이 눈까지 높으시군요. 자, 남자분들, 옆에 있는 파트너 얼굴 한번씩 봐주시고 손을 들어주세요. 오! 팔백. 다음은… 운현실업의 신용태 님이 약혼자를 위해 천! 천을 불렀습니다."

사회자를 누가 섭외했는지 모르지만 기가 막히게 섭외를 했다. 회사와 이름을 언급하자 마치 자존심 싸움 비슷하게 흐르면서 가격은 계속 올랐다.

탕!

"신용태 님에게 삼천오백에 낙찰되었습니다. 다음은 보석 디자이너이신 주얼리 전 선생님의 목걸이 팔찌 세트를 준비했습니다."

경매는 빠르게 진행이 되었다.

준영은 어떤 물건에 손을 올려야 할지 고민을 하고 있었다.

사람들이 앞다투어 경매에 참여하는 물건에 손을 들자니 조금 미안해서 망설이고 있는 중이었다.

그때 눈에 띄는 물건이 보였다.

누가 봐도 초등학생이 그린 듯한 그림으로 한 사람이 여러 사람들 앞에서 고개를 숙이고 있었는데 인사를 하는 사람도 앞에서 인사를 받는 사람들도 모두 웃는 얼굴이었다.

"이 그림은 작년 여러분들의 후원으로 심장병을 고친 아이가 감사하다고 보내온 그림입니다. 미술적 가치를 따질 수 없는 그림이지만 아이의 마음을 생각해 100만 원부터 시작하겠습니다. 참고로 지난해 경매 때 최고가를 이룬 물품 역시 이와 비슷했던 조각품이었던 걸 봤을 때 조심스럽게 최고가를 기대해 봅니다. 그럼 시작하겠습니다."

'이거 재미있게 돌아가네.'

지금까지 근엄하게 앉아 경매를 지켜보던 사장, 혹은 회장이라 불리는 이들이 아이의 그림이 나오자 자세를 바로잡고 경매에 참여하려는 듯 보였다. 준영이 앉은 테이블의 회장들도 마찬가지였다.

"천만."

"무한제약의 김성수 사장님께서 천만 원을 부르셨습니다."

"이천."

"정호건설 신창진 사장님께서 이천만 원, 상봉개발의 민태영 회장님이 사천만 원……."

가격은 순식간에 1억을 돌파했다. 그리고 그때부터 준영이 앉은 테이블에서 경매 전쟁이 일어났다.

그 포문을 연 것은 투덜대기 좋아하는 김명철 회장이었다.

"이억."

"DIM그룹의 김명철 회장님께서 이억, 이어 민심그룹의 이장열 회장님이 삼억을 부르셨습니다."

가만히 있는 것도 예의가 아니었기에 준영도 손을 들며 말했다.

"십억."

"…성심그룹의 안준영 회장님께서 십억을 불렀습니다. 다른 분 없으십니까?"

사회자는 뜻밖인지 얼굴이 낯설어서인지 몰라도 약간 말을 멈칫거렸다.

"이런, 다짜고짜 그리 나오면 어떻게 하나? 다른 사람도 한 번씩 부를 기회를 줘야 하지 않나?"

백진호가 재미있다는 듯 말했고 아직까지 가격을 말하지 못한 사람들도 살짝 고개를 끄덕이며 그의 말에 동의했다.

"회장님들끼리 암묵적인 룰이 있나 보군요?"

"그렇다네. 낙찰 받지 못하더라도 부른 금액을 따로 기부를 한다네."

'어쩐지 서둘러들 말한다 싶었더니만.'

그래도 아까 정부를 욕할 때와는 사람들이 달리 보였다.

"그럼 한 번씩들 부르시지요. 그 금액까지 합쳐서 제가 최종 낙찰을 받겠습니다. 그리고 다른 물품으로 기부를 하시면 되지 않겠습니까?"

"……! 허허허! 역시 통이 큰 친구군. 좋은 일에 쓰는 돈이니 그럼 사양하지 않겠네."

가격을 부르지 않은 세 사람—구자철 회장은 호스트로 제외—이 각각 십일억, 십이억, 십삼억을 불렀다. 그리고 십삼억을 부른 백진호 회장 다음에 손을 든 준영이 조용히 레이스를 했다.

"백억."

파티장은 일순 침묵에 빠졌고 파티장의 시선은 일제히 준영에게로 향했다.

11장 육감

"백억짜리 그림 좀 보자."

경매가 끝나고 사람들과 한참 어울리는데 구영진이 가자는 손짓을 해 파티장을 빠져나왔다.

술을 마신다며 아예 차를 가져오지 않은 그는 준영의 차에 타자마자 그림부터 보자고 말했다.

서비스로 준 고급 액자에 담긴 그림을 건넸다.

"액자가 좋으니 왠지 예술 작품처럼 보이긴 한다만 너무 비싸게 샀다. 뭐, 돈이야 누구보다 많을 테니 너한텐 소소한 금액이려나?"

"그림을 산 게 아니라 생명을 샀다고 생각하면 싼 편이죠."

"멋있는 척하기는. 진짜 안 아깝다고?"

“아무리 돈이 많다고 해도 100억이라는 돈이 아깝지 않을 리는 없죠. 근데 멋진 스포츠카보다 전 이 그림이 더 만족스럽게 느껴져요.”

“하긴 사람마다 취미가 다르듯이 만족하는 바도 다르니까. 한데 너무 깊게 빠지진 마라. 남 돕는 것도 중독이다.”

가진 돈의 극히 일부만을 사용했을 뿐이었기에 중독이라기보단 한순간 일어난 측은지심이라 준영은 생각했다.

“그나저나 어디로 가요?

“아, 내 정신 좀 봐. 동지회관 근처에 있는 지하 바를 빌려놨다. 오늘은 재미있게 놀아보자!”

평소 냉철한 이미지의 구영진은 노는 것으로 스트레스를 풀었는데 그 때문인지 잔뜩 흥분한 듯 소리쳤다.

“네, 그래요.”

준영이라고 노는 걸 싫어할 리 없었다. 다만 상황이 여의치 않아 놀지 못하는 것뿐이었다. 간만에 놀 생각을 하니 구영진처럼 준영도 가볍게 흥분되긴 마찬가지였다.

멀지 않은 곳이었기에 금세 도착할 수 있었다.

입구를 지키는 경호원들을 지나 지하로 내려가는 입구에 들어서자 음악 소리가 벽의 진동으로 희미하게 느껴졌다. 그리고 아래로 내려갈수록 소리는 커졌고 심장박동이 음악에 맞춰 뛰기 시작했다.

“벌써 사람들이 와 있나 봐요?”

준영의 물음에 구영진이 피식 웃으며 답했다.

"아까와 같은 파티에 끝까지 남아 있는 건 우리같이 해야 할 일이 있는 사람들이나 그러는 거야. 할 일이 없는 사람들은… 이미 놀고 있지."

문을 열었고 귀가 먹먹할 정도의 음악 소리가 자유를 찾은 듯 밖으로 튀어나왔다.

"클럽이랑 다름없군요?"

"……."

다시 계단을 내려가며 물었지만 구영진은 이미 음악에 몸을 맡긴 듯 흔들고 있었다. 하긴 자신이 말한 말소리마저 들릴까 말까 한데 들렸을 리가 없을 것이다.

클럽이면 어떻고, 바(Bar)면 어떠한가. 그저 잠시 즐기면 되었다.

'다 괜찮은데 빈자리가 없군.'

모든 자리마다 핸드백이나 겉옷이 한두 개씩은 걸려 있었다.

이미 겉옷은 어디다 던져 버렸는지 와이셔츠만 입은 구영진은 스테이지에서 열심히 춤을 추고 있었기에 도움을 기대할 수 없었다.

하지만 곧 물어볼 곳을 찾을 수 있었다.

술을 주문할 수 있는 카운터가 주문을 받기 위해서인지 투명한 유리로 격리된 곳에 있었다.

"미디엄 마티니로 두 잔 부탁해요. 얼마죠?"

카운터로 들어가 접대를 하지 않고 있는 바텐더에게 주문을 하고 지갑을 꺼냈다.

"이곳에서 마시는 건 모두 무료입니다."

"그래요? 그럼 팁이라고 생각하고 넣어둬요."

지갑을 그냥 넣기도 뭐해 5만 원권 두 장을 빼서 바텐더에게 줬고 그는 감사를 표한 후 칵테일을 만들기 시작했다.

"오늘 이곳은 처음인데 언제쯤 밖에 자리가 날까요?"

"아마 끝날 때까지 자리는 나지 않을 겁니다. 하하! 그래도 걱정하지 마세요. 아무 자리에 가서 앉으시면 됩니다. 모르는 사람들이면 인사하셔도 되고 불편하다 싶으시면 다른 자리에 가서 앉으셔도 되고요. 물론 바의 자리도 얼마든지 이용하셔도 됩니다."

"독특하군요. 그러고 보니 춤추는 사람들 중 아는 얼굴이 몇 명 있군요."

무작정 가서 앉아 있는 것보단 쉬는 타임 때 가서 합류를 하는 것이 좋을 것 같았다.

"참! 댄스 타임만 주구장창 있는 건 아니죠?"

"예, 잠시 후 정각부터 30분간 쉬는 시간이 주어질 겁니다. 여기 있습니다."

바텐더가 주는 마티니를 마시며 잠시 기다리자 음악이 잔잔한 발라드로 바뀌며 사람들이 자리로 돌아와 앉기 시작했다.

준영은 잔을 마저 비우고 자리에서 일어났다.

"이거 가져가시면 환영받으실 겁니다."

바텐더가 챙겨준 건 얼음물과 술이 든 플라스틱 바케쓰였다.

"팁을 줄 것 같군요."

"하하! 그럼 분배하셔야 합니다."

"그러죠."

바케쓰를 들고 어느 자리에 갈까 고민하던 준영은 구영진과 진양그룹의 금필호가 있는 자리로 갔다.

"어, 준영이 형도 왔네요? 헐, 그런데 누구와 다르게 센스가 최고신데요."

금필호가 바케쓰를 보더니 엄지를 추켜올리며 좋아했고 구영진은 발끈하고 소리쳤다.

"방금 그 누구는 나를 지칭하는 거냐? 이게 빠져 가지고 형들이 움직이게 만드네?"

"정확하게는 준영이 형이 가져온 거죠. 헤헤. 형, 이쪽으로 앉으세요."

금필호가 권한 곳은 가린 곳보다 벗은 곳이 더 많은 아슬아슬한 옷차림의 여자들 사이였다.

"고마워."

자리를 만들어준 두 여자에게 인사를 하고 자리에 앉자 금필호가 같이 합석하고 있는 네 명의 여자들을 소개시켜 줬다.

아주 간단하게.

"형 오른쪽에 앉은 애는 제 대학 친구. 이 언니는 문채리. 쟤는 제 친구의 친구, 형 왼쪽에 있는 분은 문채리의 아는 선배 언니. 통성명은 각자 알아서들 하세요."

문채리는 자신이 찍었으니 나머지는 알아서 하라는 소리였다.

"반가워요. 구영진입니다."

구영진은 그의 옆에 앉은 금필호 대학 친구의 친구가 마음에 들었는지 다소 느끼한 말투로 작업을 걸었다.

'작업을 걸 한 명한테만 소개를 해야 하는 건가?'

준영은 딱히 작업을 걸 생각도, 능령과 사귀고 있는 와중에 원나잇이라고 해도 다른 여자를 안을 생각은 없었다.

'크! 김칫국은.'

한 명에게 말을 걸었다고 해서 여자 쪽에서 마음에 들지 않을 수도 있었고, 설령 마음에 들었다고 하더라도 원나잇을 한다는 보장도 없었다.

그래도 한 명에게만 말을 거는 게 나름 합리적이라는 생각이 들었다. 그래야 여자 측에서도 금방 새로운 파트너를 찾지 않겠는가.

도끼병을 버리고 나자 한결 편해진 준영은 몇 시간 동안이지만 같이 즐겁게 놀 상대로 누가 적당한지 생각해 보았다.

예쁘긴 금필호의 대학 친구가 더 예뻤다. 그러나 너무나 인공적이라 어딘가 얼굴이 어색한 느낌이었다. 문채리의 아는 언니는 다소 평범하긴 했지만 균형이 잡혀서인지 훨씬 보기 좋았다.

"반갑습니다. 안준영입니다."

준영의 선택은 문채리의 아는 언니였다.

물론 상반신의 절반 가까이를 가득(?) 채우고 있는 가슴 때문에 선택한 것은 결코 아니었다.

"반가워요. 글로리아예요."

"재외 교포?"

"아뇨, 일할 때 쓰는 별명이에요."

"하긴 글로벌 시대에 영어식 이름은 하나씩 있죠."

"준영 씬 어떤 이름을 쓰는데요?"

"…전 없군요."

지(地)의 세상에서도, 이쪽 세상에서도 영어식 이름을 써야 할 필요를 못 느꼈으니 없을 수밖에.

"호호! 준영 씨만 글로벌 시대를 역행하나 보네요."

"쩝! 그런가 봅니다. 조선 시대 사람과 술이나 한잔할까요?"

"그래요."

글로리아는 첫인상—인상보다 몸매를 먼저 보게 되지만—보다는 얘기할수록 괜찮은 여자였다.

상식이 풍부한 데다 그것을 흥미롭게 말하는 재주가 있었고, 짧은 시간 동안 겪어봐서 정확하게는 알 수 없었으나 성격 또한 화통했다.

"말 트자. 이랬어요~ 저랬어요~ 하는 거 별로다."

"아무래도 내가 손해 같지만 기꺼이 허락하지."

"흥! 한 살이라도 어린 사람과 친구를 하게 되었으니 이익이라고."

"네네."

글로리아의 말을 장난스럽게 받는 준영의 눈에 살짝 이채가 나타났다 사라졌다.

'날 알고 있군. 의도적인 접근인가?'

말하는 중간중간 의식을 하지 못하는 건지 자신의 신상에 관련된 얘기를 꺼낼 때가 있었다.

스파이나 비밀 요원이 아닐까 하고 생각했지만 코미디 영화에 나오는 스파이가 아니고서야 이토록 어설플 리가 없었다.

다만 의도적인 접근이라는 건 어느 정도 느낄 수 있었다.

삼십 분이 지나자 다시 신나는 음악이 흘러나오기 시작했고 더 이상 얘기하는 것은 힘들었다.

준영은 춤을 추러 가자는 신호를 보냈고 글로리아도 좋다며 따라 나왔다.

두 사람은 우르르 몰려 나온 사람들 속에서 신나게 춤을 추기 시작했다.

바를 개조해 만든 스테이지라 좁다 보니 부비부비를 추는 것이 아니었음에도 부비부비 느낌이 나는 단점(?)과 에어컨을 아무리 틀어도 덥다는 단점이 있었다.

"잠깐 …쐴까?"

스피커가 근처에 있다 보니 귀에 대고 글로리아가 큰 소리로 말했지만 중간중간 들리지 않았다. 하지만 손짓으로 바람을 쐬자는 말이라는 걸 알아들었다.

'한데 지하실에 바람 쐴 데가 있나?'

있었다.

정확하게는 지하실이 아닌 지하실에서 옥상으로 올라가는 엘리베이터가 있었지만 말이다.

"…아까 동생이 설명해 줘서 알았어. 무, 물론 옥상이 있다는 것도 그때 들은 거고. 나, 오늘 여기 처음이야."

엘리베이터에 오른 글로리아가 살짝 고개를 숙이며 말을 더듬는 이유는 간단했다.

5층부터 9층까지는 러브호텔이 있었고, 방금 한 쌍의 불붙은 남녀가 7층에서 내렸기 때문이었다.

"응, 믿어."

"그, 그런데 왜 그런 눈으로 봐?"

"내 눈이 어때서? 아까부터 계속 엉큼한 눈이었는데. 착해지기라도 한 거야?"

"풉! 웃겨~"

생각이 없다는 걸 알았는지 글로리아는 긴장을 풀었고 시원한 바람이 부는 옥상에 도착했다.

"비가 올 것 같군."

서울의 하늘엔 별이 없고 미세 먼지 때문에 구름이 꼈다고 해도 맑은 날과 별반 차이가 없었지만 습기를 잔뜩 먹은 공기는 비가 올 것이라 말해주고 있었다.

"비 온다는 얘기 없었는데?"

"일기예보가 정확하게 맞는 날, 지구는 멸망할 거야. 어쨌거나 나한테 한 말이 있는 것 같은데 말해봐."

"…알고 있었어?"

"뭘? 네가 의도적으로 접근했다는 거? 아님 지구가 멸망할 거라는 거?"

"전자. 근데 그걸 알고 있었으면서도 왜 굳이 따라온 거야?"

"백 퍼센트 확신이 없었으니까. 그리고 간만에 말이 통하는 친구를 만나 아니었으면 하는 바람도 조금은 있었거든. 물론 바람은 깨졌지만 말이야. 그래도 바람 쐬는 동안 뻘쭘하게 있기는 뭐하잖아?"

글로리아는 준영의 눈치를 살피다가 크게 숨을 들이마시곤 말을 했다.

"나, 사실 인터넷 개인 방송국인 오세아니아에서 개인 방송을 하고 있어. 글로리아라는 이름도 그곳에서 쓰는 이름이고."

"오세아니아 방송이라면 나도 알아. 본 적은 없지만 말이야. 한데?"

"너희 SSC 방송국에서 사용하는 빙의 모드를 우리 방송에도 적용시켜 보고 싶어서 제안서를 보냈지만 거절당했어."

"오세아니아 방송에서 요청했던 거야?"

"아니, DJ들끼리의 조합 비슷한 게 있거든. 그 조합에서 요청한 거야."

"음, 내가 있을 때는 그런 제안서를 받은 적이 없었고… 제니퍼가 있을 땐가? 아님 오미란 사장?"

"오미란 사장이야."

"그렇군. 어쨌든 오미란 사장에게 거절당해서 나에게 직접 말하려고 찾아온 모양인데… 어쩌지? 난 내가 믿고 맡긴 사람이 결정한 일을 번복하고 싶지 않아."

"왜? 분명 괜찮은 사업이야. 물론 너한테는 별것 아닌 돈일지도 몰라. 하지만 기업으로 비교하자면 우리는 사업 확장을 하고 싶다는 의미야. 그리고 너희가 생각하는 것만큼 비도덕적인 것도 아니고 말이야."

준영이 사장 자리에 있었다면 제안을 받아들였을 것이다. 적극적으로 자신의 이익을 위해 노력하는 사람을 좋아했기 때문이었다.

하지만 그렇다고 오미란에게 받아들이라고 말하고 싶지는 않았다.

일단 맡기고 나면 공금 횡령이나 회사가 휘청거릴 정도가 아니라면 계약 기간 동안은 확실하게 믿음과 권한을 줘야 했기 때문이다.

당연히 믿음을 배신하거나 권한 이상의 행동을 할 땐 가차없이 책임을 묻지만 말이다.

확실하게 안 된다고 말하려던 준영에게 글로리아의 마지막 말이 신경을 건드렸다.

"비도덕적이라고 말 안 했어. 난 사람들에게 해를 끼치지만 않는다면 어떤 직업도 괜찮다고 생각하는 사람이야. 먹고살기 위해 하는 일이라면 더욱더."

"넌 아닐지 모르지만 오미란 사장은 분명 그런 식으로 말했어. 별창녀라는 말을 직접적으로 쓰진 않았지만 더러운 일에 그 기술을 쓸 생각이 없다고 말했단 말이야."

준영은 글로리아의 말에 할 말을 잃었다.

오미란에게 사업적인 권한은 줬지만 그 권한을 이용해 타인을 비방할 권리까지 준 것은 아니었다.

"…미안. 일단 내가 먼저 사과할게. 그리고 알아봐서 오미란 사장이 그런 말을 했다면 공식적으로 사과하도록 할게."

"공식적인 사과는 우리를 더 우습게 만들 테니 필요 없어. 차라리 사과 대신 다시 한 번 검토해 줘."

간절한 표정으로 말하는 글로리아를 보니 거절하면 말이 길어질 것 같았다. 물론 길어지더라도 거절할 일이 분명했지만 지금은 때가 아니었다.

아까 옥상에 올라와서부터 느껴지는 묘한 느낌이 점점 죽을 위기에 처했을 때 느껴지는 육감과 비슷해지고 있었기 때문이었다.

"생각해 볼게. 내려가자."

"정말 검토해 주겠다는 거야?"

"응, 충분히 검토해 볼게."

차분한 말과 달리 준영은 글로리아를 반쯤 끌다시피 해 엘리베이터에 올랐다.

'이 자식들. 이곳에 있는 사람들까지 죽일 생각인가?'

육감은 자신의 죽음뿐만 아니라 더욱 끔찍한 일이 일어날 것이라고 말해주고 있었다.

누굴까?

철무한? 퓨텍? 중국? 미국? 그도 아니면 제삼국?

철무한이 가장 의심스럽긴 했지만 다른 곳도 의심스럽긴 마찬가지였다.

'그나저나 이놈의 엘리베이터는 왜 도착을 안 하…….'

"몇 층……?"

생각하느라 엘리베이터의 층 버튼 누르는 걸 깜박했다. 문제는 글로리아도 누르지 않았다는 것이다.

그녀의 손가락은 6층, 7층 사이에 머물러 있었고 꽤 복잡한 표정을 짓고 있었다.

그러고 보니 말을 급하게 마무리하고 그녀를 반강제적으로 끌고 엘리베이터를 탄 행동이 뭐 마려운 강아지처럼 보였을 수도 있겠다 싶었다.

"무슨 생각을 하는 거야?"

준영은 반쯤 끌어안고 있던 글로리아를 놔주며 B라고 적힌 버튼을 눌렀다.

"무, 무슨… 방금 네가……!"

"재검토를 해보겠다는 걸로 널 어떻게 할 거라고 생각한 거야? 내가 착한 놈은 아니지만 그런 짓은 안 한다. 그리고 설령 그걸 내가 바란다고 했으면 순순히 따라올 생각이었어?"

"아니거든! 그러니까 난 단지……."

"아니라면 됐어. 그리고 재검토 해보고 일주일 안에 연락이 갈 텐데 어떤 결정이 내려지든 상심하지 말았으면 좋겠다. 오늘 짧은 시간이었지만 만나서 반가웠다."

"…가려고?"

"응, 급한 일이 있다는 걸 잊고 있었어."

때마침 엘리베이터가 지하에 도착했고 준영은 가볍게 손을 들어 작별 인사를 한 후 바로 나갔다.

"…그 때문만은 아니었는데."

홀로 엘리베이터에 남은 글로리아가 중얼거렸지만 준영은 이미 사라진 후였다.

옷을 챙긴 준영은 바로 바에서 나왔다.

타깃이 자신이라면 자신만 이곳을 벗어나면 다른 이들은 안전하리라는 생각에서였다.

"지금 움직이고 있는 놈들은 누구지?"

—두 곳이야. 철무한과 일본.

"철무한이야 그렇다고 쳐도 일본 놈들은 갑자기 왜?"

—한 시간 전쯤 공해에 정체 모를 잠수함 한 대가 시험 운항 중이던 무인 잠수정 시스템에 발견되어 폭파됐어. 그게 일본 건가 봐.

"지랄도 풍년이군. 근데 따지려면 나라에 따져야지 왜 날 공격하려는 건데? 무슨 상관이 있다고?"

—무인 잠수정을 우리 회사에서 개발한다는 걸 일본 측에서 알고 있나 봐.

"극비 사항이잖아?"

—인간의 입을 통제할 수는 없으니까.

극비 사항을 흘린 사람은 나중에 찾기로 하고 지금은 벗어나는 게 우선이었다.

"이럴 때 또 웬 전화야."

'나 다른 곳으로 움직이고 있소' 라고 광고를 하며 차 주위를 잠시 배회하고 있는데 전화가 왔다.

진명천이었다.

—미안하게 됐네. 딸애를 데려오기 위해 태국으로 사람을 보냈는데… 철무한이 눈치를 채고 빼돌린 모양이네.

“언제쯤 보내셨습니까?”

—30분쯤 전에 실패했다고 연락이 왔네. 걱정 말게나. 그 애에게는 아무 이상 없을 것이네.

준영에게 하는 말이라기보단 스스로에게 하는 말처럼 들렸다. 자칫 잘못했다간 진명천이 위험해지지 않을까 걱정스러웠다.

“제가 능령이 어디 있는지 알고 있습니다.”

—거기가 어딘가? 내 당장…….

“저에게 맡겨주시겠습니까? 내일까지 무슨 수를 써서라도 구해내겠습니다.”

—자네가? 음, 내가 허락하지 않았어도 언젠가는 능령을 데려갈 생각이었군.

“죄송합니다.”

—아니네. 그 덕분에 능령의 행방을 알게 되었으니 그걸로 만족하네. 한데 내일까지 구할 수 있겠나?

“예, 내일 통화하실 수 있으실 겁니다.

—그럼 일단 믿어보겠네.

전화를 끊자마자 섬뜩한 느낌이 들었고 준영은 그와 동시에 자리에 주저앉았다.

팅! 방탄차에 총알이 부딪히며 공격이 시작되었음을 알렸다.

"놈들을 유인할 만한 곳이 없을까?"

재빨리 차에 오른 준영이 천(天)에게 물었다.

—두 블록 떨어진 곳에 리모델링 중인 빌딩이 있어. 헬기도 착륙할 수 있을 것 같으니 그쪽으로 갈게.

팅팅팅팅팅!

총알의 비를 뚫고 차는 빠르게 출발했다.

* * *

"멍청한 새끼들, 방탄차에 총질은 왜 하는 거야!"

세계적으로 유명한 킬러인 토마스는 오늘따라 일이 꼬이는 것 같아 분통을 터뜨렸다.

준영을 죽이라는 명령을 받고 한국으로 왔지만 고용주가 제시한 한 가지 조건—체온 감지기로 체크를 해서 파란색과 붉은색이 골고루 섞인 놈을 죽이라는—때문에 지금까지 허송세월만 하고 있었다.

물론 감시만 하며 시간을 보내도 생활비조로 돈이 나왔기에 서두를 필요가 없었다는 점도 한몫했었다.

오늘도 평소와 비슷했다.

헬기를 주로 이용하는 준영을 감시하기 위해 고용한 심부름센터 직원들의 연락을 받은 토마스는 헬기에서 내리는 준영이 철무한이 말한 조건에 부합하는지를 가장 먼저 확인했다.

조건에 부합하지 않으면 바로 물러났고, 조건에 부합하면 그때부터 기회를 노렸다.

오늘은 부합하는 날.

토마스는 멀찌감치 뒤에서 준영을 쫓았고 호텔로 들어가는 준영을 보며 습관적으로 어떤 식으로 죽일지를 생각했다.

몇 가지 방법이 떠올랐지만 준영을 따르는 경호원들의 수준을 생각할 때 가능성이 희박한 것들이었다.

해보지도 않고 실패할지 어떻게 아느냐고 묻겠지만 순전히 그동안의 경험 때문이었다.

철무한이 보낸 킬러들 중 몇 명과 CIA, 그리고 정체를 알 수 없는 감시자들이 어설프게 접근했다가 소리 소문 없이 사라져 버린 일은 감시자들 사이에선 더 이상 비밀도 아니었다.

킬러라고 돈을 받고, 일을 받아들였다고 해서 자신의 목숨을 도외시하며 달려들지는 않는다. 타깃을 죽이고 자신이 무사히 빠져나올 수 있다는 확신이 섰을 때 움직이게 마련인데 그 판단이 반드시 맞는다는 보장은 없었다.

핑계일지 모르지만 토마스는 호텔에 들어간 준영을 죽일 확신이 없었기에 그저 그가 빠져나오기만을 기다리고 있었다.

호텔을 나온 준영이 누군가와 함께 이동한 곳은 간판이 없는 건물의 지하였다.

인터넷에서 건물의 주소를 찍자 꽤 여러 개의 글이 검색되었다.

지하에 바가 있고 위에는 러브 모텔이 있다는 글과 함께 사진이 첨부되어 있었는데 그 사진들을 보는 것만으로도 건물의 구조를 어느 정도 파악할 수 있었다.

'70퍼센트.'

준영을 감시하면서부터 지금까지 웬 여자와 인사동과 광화문 일대를 데이트할 때 90퍼센트 확률을 기록한 뒤로 두 번째로 높은 확률이었다.

사실 토마스도 그때 움직이려고 했었다. 하지만 그보다 먼저 움직인 이가 두 명이 있었는데 그들이 실패하는 모습을 보곤 결국 실행하지 못했었다.

'언젠가는 확신이 설 때가 있겠지.'

약간의 욕심이 났지만 곧 생각을 접었다. 킬러인 그에게도 목숨은 하나뿐인 소중한 것이었다.

살행에 대한 생각은 접었지만 언제 100퍼센트 확신이 들지 모르는 일이었기에 토마스는 자리를 뜨지 않고 준영이 나오길 기다리고 있었다.

"응? 왜 이렇게 어수선하지?"

갑자기 감시자들 중 일부가 부산스럽게 움직이는 것이 보였다. 물론 다른 사람들이 보기엔 은밀하게 움직이는 것이었지만 그가 보기엔 꽤 어수선하게 느껴졌다.

'기회?!'

만일 저들이 흔들어준다면 준영을 제거할 확률은 90퍼센트가 넘을 게 확실했다.

우웅~ 우웅~

움직여야 하나 말아야 하냐를 놓고 고민할 때 다리 쪽에서 미약한 진동이 감지되었다.

고용주에게서 메시지가 온 것이다.

—앞으로 일주일, 놈을 죽였다는 증거를 보내는 사람에게 1억 달러를 주겠다.

1억 달러라면 더 이상 킬러 짓을 할 필요가 없이 평생 휴양지에서 행복하게 살 수 있는 돈이었다.

메시지가 모든 킬러들에게 전달되었는지 이번엔 은밀한 움직임이 포착되었다.

"100퍼센트!"

먼저 움직인 이들과 킬러들이 동시에 움직인다면 무조건 준영을 죽일 수 있다는 확신이 왔다.

1억 달러라면 70퍼센트만 되어도 도전해 볼 만한 가치가 있는데 100퍼센트라면 더 이상 망설일 이유가 없었다.

토마스의 눈은 살기로 번뜩였다. 그리고 머릿속으로는 언제 어디로 잠입해야 할지를 그리며 조심스럽게 건물로 접근할 준비를 했다.

일촉즉발의 상황.

한데 갑자기 준영의 차가 다가와 건물의 입구 앞에 섰고 곧 입구에서 준영이 나왔다.

전화를 하며 이리저리 배회하는 모습이 어디론가 갈 모양이었다.

토마스의 머리는 다시 빠르게 회전했다.

지금 노리느냐, 움직이는 것을 보고 기회를 노리느냐. 1억 달러가 눈앞에서 왔다 갔다 하는 것 같아 전자에 마음이 갔지만 머리는 후자를 노리라고 말했다.

현재의 인원이 그를 죽이기 위해 움직인다면 그가 가평의 본사로 가지 않는 이상 처치하기에 충분했기 때문이었다.

하지만 모두가 그와 같은 생각을 하고 있는 것은 아니었다.

대각선 건물 옥상에서 누군가가 총을 쏘았는지 빛이 번쩍했다.

'죽지 마!'

난생처음으로 죽여야 할 상대가 죽지 않기를 바랐다. 그리고 그의 소원은 통했다.

우연히 저격을 피한 준영은 재빨리 차에 올랐고 그 차로 총알비가 내리기 시작했다.

미사일을 쏴도 부서질까 말까 한 차에 총을 쏘는 이들을 욕한 토마스는 빠르게 도망가는 준영의 차를 쫓기 시작했다.

준영의 차가 멈춘 곳은 30층 높이의 리모델링 중인 빌딩.

왜 튼튼한 차를 버리고 빌딩 안으로 들어갔을지 의문이 들었지만 곧 그곳의 옥상에 헬기장이 있다는 걸 알게 되었다.

감시자들 중에 누구보다도 먼저 도착했지만 바로 들어가지 않았다. 멍청하게 총을 쏘던 이들이 들어가고 킬러 몇 명이 다른 곳으로 들어간 후에야 토마스도 움직였다.

준영이 들어가면서 열린 문으로 들어간 토마스는 어느새 적외선 안경을 끼고 무기를 들고 있었다.

'옆으로!'

탁월한 공감각 능력으로 2층으로 올라가는 복도를 찾은 토마스는 빠르게 그곳을 향해 뛰어갔다.

"으아아아아악!"

퍼억!

빌딩의 로비는 1층부터 3층까지 터져 있는 구조였는데 3층에서 누군가가 떨어져 온몸으로 착지(?)를 했다.

뒤이어 소음기를 낀 총소리가 요란하게 울리는 것이 먼저 들어간 이들이 경호원들과 조우를 한 모양이었다.

'어차피 갈 곳은 옥상. 굳이 경호원들을 상대할 이유가 없지.'

비상계단으로 가려던 계획을 바꿔 작동이 멈춘 엘리베이터가 있는 곳으로 갔다. 그리고 호주머니에서 뭔가를 꺼내 열쇠구멍에 박고 돌렸다.

열쇠 구멍으로 들어간 부분이 강력한 열을 내면서 웬만한 자물쇠는 단번에 망가뜨리는 장비였다.

문을 열자 엘리베이터는 1층에 서 있었다. 엘리베이터로 들어간 토마스는 빙 둘러 있는 손잡이를 밟고 올라가 위로 올라가는 문을 열었다.

"먼저 올라가서 기다려야겠군."

가방에서 도르래 같은 것을 꺼내 엘리베이터 줄에 건 토마스는 두 손으로 그것을 붙잡고 손잡이를 눌렀다.

츠르르르르르!

다소 시끄러운 소리가 들렸지만 밖에서는 아무 소리도 듣지 못할 게 분명했다.

단숨에 끝까지 올라온 토마스는 곡예를 하듯 문을 열고 나왔다. 그리고 주변을 살펴 헬기장으로 가는 길을 찾았다.

"오기 편하게 문은 내가 열어두지. 후후후!"

올라오기까지 시간이 걸릴 것이라 생각한 토마스는 만능 열쇠를 이용해 헬기장까지 가는 문을 모두 따놓고 옥상 한쪽에 숨어 준영을 기다렸다.

하악 하악!

거친 숨소리가 서서히 커지더니 옥상 문이 벌컥 열리며 준영이 도착했다. 몇 번이고 뒤를 돌아보는 것이 누군가에게 쫓기는 모양이었다.

문을 닫고 자물쇠를 걸고서야 비로소 숨을 고르는 준영을 향해 총구를 겨눈 토마스는 승리자의 미소를 지으며 숨은 곳에서 몸을 드러냈다.

"후후후! 올라오느라 고생했어."

킬러로서 토마스는 바로 이런 순간이 가장 기분이 좋았다. 누군가가 절망하는 모습은 어느 예술 작품보다 뛰어나다는 게 그의 생각이었다.

"…먼저 온 손님이 있었군."

한데 예상과 달리 준영은 꽤 담담하게 말을 받았다.

12장

죽음, 그리고…

아주 간혹 대범한 인간들이 있게 마련이었다. 하지만 죽을 때가 되면 달라지는 법.

토마스는 총을 겨눈 채 다시 말을 걸었다.

"문도 내가 열어둔 거야."

"하아~ 어쩐지 좀 이상하더라니. 한데 문을 열어놓은 친절함을 볼 때 꽤 말이 통할 것 같은데 살려주는 건 어때?"

"후후! 그럴 수야 없지. 자그마치 네 목에 걸린 금액이 1억 달러거든."

"푼돈이군. 얼마를 원하지? 10억 달러면 날 살려줄 수 있겠나?"

토마스는 순간 마음이 동했다. 뒷조사를 하며 준영이 부자라는 사실은 익히 알고 있는 일이었다.

킬러에게 직업적 윤리 의식 따위가 있을 리 만무했다. 그저 돈 많이 주는 놈이 최고 고객인 것이다.

하지만 곧 고개를 저었다.

철무한에게서는 돈을 받을 수 있지만 준영에게 받을 수 있다는 보장은 없었다.

"시간을 끌 생각인가 본데 그렇겐 안 되지. 게다가 난 약속을 잘 지키는 사람이거든."

"그런 줄은 몰랐군. 근데 날 죽이고 나면 경호원들의 손길은 어떻게 피할 생각이지?"

"간단해. 등에 메고 있는 이 백팩에 낙하산이 있거든. 널 죽이고 저쪽으로 뛰어내리면 끝이지."

"뛰어내리면 무섭지 않나?"

"후후! 무섭긴. 꽤 재미있어. 자, 이제 말장난은 그만하고 잘 가게."

"마지막으로 한 가지만 말해도 될까?"

토마스는 시간을 끌려는 준영의 모습이 안쓰러웠다. 준영은 모르고 있었지만 옥상으로 올라오는 문을 지나면 신호가 울리도록 되어 있었다.

즉 앞으로 최소한 2분 안에는 아무도 올 사람이 없다는 뜻이었다. 그래서 토마스는 인심을 쓴다는 생각으로 말했다.

"훗! 유언이라고 생각해 주지. 말해."

"나, 꽤 강해."

어이가 없어 말이 나오지 않았다. 자신이 들고 있는 권총은 보기엔 작지만 자동소총이나 다름없었다.

게다가 총이 없더라도 5초 안에 목을 따버릴 능력이 그에겐 있었다.

"나, 꽤 강하다고. 널 이길 수 있을 정도로 말이야."

도발이라고 생각했다. 그러나 도발에 일을 그르칠 만큼 내공이 낮진 않았다.

"…미친놈. 잘 가."

더 이상 말을 해봐야 입만 아프다고 생각한 토마스는 방아쇠를 당겼다.

두두두두두두!

권총이 불을 뿜었다.

한데 당연히 죽었으리라 생각한 준영이 옆으로 피한 후 자신을 향해 달려오고 있었다.

다시 방아쇠를 당겼다.

하지만 이번에도 피해 버리는 준영.

'마, 말도 안 돼!'

어느새 바싹 접근한 준영의 주먹이 복부에 박혔다.

"……!"

신음 소리도 내지 못할 만큼 엄청난 충격이 전해졌고 토마스의 몸은 절로 'ㄱ' 자로 굽혀졌다.

"말했잖아, 나 강하다고. 10억 달러를 준다고 했을 때 생각 좀 더 해보지 그랬어? 물론 킬러와의 약속 따위를 지킬 생각은 없었지만 말이야."

뿌득!

준영은 담담하게 말하면서 총을 든 토마스의 손을 꺾었고 총은 힘없이 바닥에 떨어졌다.

"자, 이제 상황이 바뀐 것 같은데 마지막으로 할 말 있으면 해봐. 유언이라고 생각하고 말이야."

"…죽어!"

오른팔이 꺾이는 고통에 숨이 제대로 돌아온 토마스는 왼팔로 칼을 꺼내 준영의 목을 노렸다.

"커억!"

그러나 칼이 채 닿기도 전에 준영이 뻗은 장에 맞은 그는 1미터가량 날았다가 바닥에 뒹굴었다.

생각 같아선 벌떡 일어나 몸을 바로 하고 싶었지만 어떻게 맞았는지 온몸에 힘이 하나도 없었다.

설상가상으로 멀리서 헬기 소리가 들려오고 있었고 이어 귀에서 누군가가 옥상으로 올라오고 있음을 알리는 비프음이 들렸다.

바라는 것은 단 하나, 올라오는 이들이 동료이거나 단체로 공격을 가했던 이들이기를 바랐다. 그러나 운명은 그의 편이 아니었다.

언제 불었는지 일곱 명으로 늘어난 준영의 경호원들이 문을 열고 들어오고 있었다.

"처리는?"

"공격했던 자들은 모두 제거했습니다. 그리고 나머지 여섯은 뒤처리를 하고 있습니다."

"고생했어. 여긴 해결되었으니 다른 일들 봐."

"저자는 어떻게 할까요?"

"하늘을 나는 걸 좋아하나 봐. 참, 백팩은 낙하산이니 제거해서 보내줘."

"사, 살려줘!"

경호 로봇에게 끌려가던 토마스가 새파랗게 질린 얼굴로 다급하게 외쳤다.

"내가 왜?"

"널 죽이라고 명령한 철무한을 죽여주겠다. 난 놈이 어디 있는 줄 알고 있어."

"나도 알아. 그리고 네가 굳이 나서지 않아도 놈은 내일을 보지 못할 거야. 할 얘기 끝났으면 이만……."

"돈을 주겠소! 오, 오백만 달러가 있소."

"저승 가는 데 노잣돈이나 해."

준영은 더 이상 듣기 싫다는 듯 도착한 헬기로 향했고 경호 로봇은 백팩을 빼앗은 후 토마스를 던져 버렸다.

아직도 토마스의 말대로 재미있을지는 두고 봐야 할 일이었다.

"경찰은?"

헬기에 오른 준영이 천(天)에게 물었다.

—112로 들어가는 회선을 꺼버려서 아직까진 괜찮아.

"대지 형은 어디쯤이래?"

감시자들이 언제든지 암살자로 변할 수 있다는 걸 알게 된 지금 그대로 나둘 수는 없었다.

위험한 놈들이라면 제거를 하고 설령 위험하지 않은 감시가 목적인 자들이라고 해도 위협을 해 내쫓을 생각이었다.

그 역할을 지(地)가 해줄 것이다.

—지금 도착해서 스파르타들과 합류했어. 한데 눈치를 채고 도망간 이들이 꽤 있나 봐.

"도망간 이들까진 쫓지 말라고 해. 어차피 이젠 두 번 다시 알짱거리지 못하게 할 테니까. 그리고 율곡 프로젝트를 시작해 줘."

—드디어 허락하는 거야?

율곡 프로젝트.

십장생, 십이지신, 40인의 도적, 스파르타로 이어지는 경호로봇 시리즈는 모두 합치면 362대.

숫자로 보면 많아 보이지만 세계 각국에 흩어져 있다 보니 막상 일이 생겼을 때 가용할 인원이 많지 않았다.

때론 천(天)의 연구실에서 일하는 과학자 로봇들까지 이용해야 할 때가 있다 보니 그녀는 작년부터 로봇 십만 양병설을 주장했었다.

준영은 지금까지 세계 정복 할 일 있냐고 반대를 했었다.

그러나 오늘처럼 자신은 물론 아무런 연관도 없는 사람들이 자신의 옆에 있다는 이유만으로 다치거나 죽을 수 있다는 사실과, 개인이 아닌 국가가 자신을 죽이려 한다는 사실에 더 강해져야 한다는 걸 깨달았다.

로마의 군사 전문가라고 할 수 있는 베게티우스는 평화를 원한다면 전쟁을 준비하라고 말했었다.

율곡 이이의 십만 양병설과도 일맥상통하는 말이었다.

"응, 한데 1차 계획을 완성하는 데 얼마나 걸릴까?"

—기존의 시리즈들을 이용해 각국에 공장을 만든다면 1년이면 충분해. 그다음 2차 계획 역시 1년이면 되고. 물론 우리나라에서 가장 많이 만들어지겠지만 말이야.

1차 계획은 만 대, 2차 계획은 이만 대였다.

"그럼 바로 시작해."

준영은 평화를 위해서 칼을 뽑았다.

—알았어. 그건 그렇고, 일단 안전장치나 해. 아직 상황이 끝난 게 아냐.

천(天)의 말과 함께 안전장치가 나와 몸을 옭아매듯 고정시켰다. 그리고 옆으로 급상승했다.

심장에 좋지 않은 운전이었다.

"으으~ 경고라도 좀 하지?"

율곡 프로젝트를 허락하면서 다소 무거워졌던 마음을 털어내기라도 하려는 듯 장난스럽게 말하는 준영.

—경고할 정도로 여유롭지 않아. 놈들이 택배 드론을 해킹해서 폭탄이 든 드론과 섞어 날리고 있어.

"오늘 택배 회사들이 욕 많이 먹겠군."

—너무 여유로운데?

“누나를 믿으니까. 아마 위험했으면 벌써 탈출을 시켰거나 다른 방법을 사용했겠지. 하하! 물론 육감이 전혀 위험하지 않다고 말하고 있거든.”

—…참 편리한 기능이네. 나도 있었으면 좋겠다. 어쨌든 지난번처럼 불가항력적인 경우도 있으니까 조심해서 나쁠 건 없어. 그리고… 너무 믿지 마. 나도 완벽하진 않아.

천(天)의 마지막 말이 살짝 이상했지만 준영은 눈치채지 못했다.

“누나를 안 믿으면 누굴 믿겠어. 그래서 어떻게 할 생각인데?”

—구경해 봐.

고글이 내려와 씌워졌다. 그리고 3차원 그래픽이 헬기를 중심으로 해 주변까지 그려졌다.

“징그럽게도 많군.”

붉은 점으로 표시된 천 대가 넘는 드론이 헬기를 포위하듯 날아오고 있었다.

—그래 봐야 서초구 일대에서 움직이는 드론에 지나지 않아.

“슬슬 불안함이 올라오고 있어. 이거 꽤 기분이 나쁜데 이제 해결 좀 하지?”

—안 그래도 시작할 생각이었어.

푸확!

플레어가 발사되는 것처럼 헬기에서 수많은 파란 점들이 발사됐다. 그리고 파란 점과 빨간 점이 순간 사라졌다.

붉은 점들이 빠르게 사라지면서 준영의 불안감도 사라졌다. 준영은 고글을 벗고 창밖을 바라보았다.

"…불꽃놀이군."

어두운 밤이라 드론도, 헬기에서 발사된 무엇도 보기가 힘들었다.

그러나 두 개가 만나는 순간 폭발이 일어났고 불꽃이 하늘에 수를 놓는다.

그중엔 유독 크게 터지는 것들도 있었는데 아마 헬기를 폭파시키기 위해 폭탄을 실은 드론들이리라.

—비싼 불꽃놀이지. 인건비 빼고 순수 비용만 40억이 넘어.

"무슨 계산이 그래? 이럴 땐 판매가로 계산하는 거야."

—그렇다면 방금 정확하게 619억을 날렸어.

"폭리이긴 하지만 무기라는 점에선 그만한 가치가 있겠네. 장부에 달아둬."

—무슨 장부?

"일본에 대한 빚 장부. 빚지고는 못 사는 법이니까."

우익의 대표 인물로 뽑히던 총리가 죽고 야스쿠니 신사가 많이 부숴졌지만 일본은 변한 게 없었다.

새로운 총리는 새롭게 고쳐진 야스쿠니 신사에 참배를 했고 여전히 때가 되면 헛소리를 하고 있었다.

—지난번처럼 하긴 곤란해. 비슷한 사건이 일어난다면 우리를 의심할지도 몰라.

"걱정 마. 지금 아주 재미있는 생각이 떠올랐거든."

ㅡ그렇게 말하니 더 불안해져.

"방금 그런 게 육감이야. 가지고 싶다더니 소원을 이뤘네. 하하하하!"

ㅡ……!

"여자들의 육감이 무섭긴 하지. 물론 그 육감이 멀쩡한 생사람을 잡을 때도 있지만 말이야."

준영은 농담을 더했지만 천(天)은 한동안 꿀 먹은 벙어리처럼 말이 없었다.

준영은 방금 농담처럼 한 말이 천(天)에게 어떤 영향을 미쳤는지 몰랐다. 그리고 그 영향이 어떤 결과를 가져올지도.

"하늘이 누나? 누나!"

서울을 벗어나 가평으로 가는 길에 더 이상의 위협은 없었다.

불야성처럼 빛나는 영상의 도시 상공을 날던 준영은 물어볼 것이 있어 그녀를 불렀지만 몇 번을 불러도 대답이 없었다.

혹시 자신도 모르게 또 다른 공격이 시작되었나 싶어 신경을 집중하려는 찰나에 천(天)이 대답했다.

ㅡ…생각 좀 하느라고. 한데 왜?

수만 가지 일을 동시에 할 수 있는 천(天)이 생각을 한다고 대답을 못 했다는 것이 이상했지만 큰 계산이라도 하나 보다 했다.

대수롭지 않게 넘긴 준영이 부른 이유를 말했다.

"아까 드론의 공격 때문에 잠깐 잊었었는데 철무한의 위치는 파악됐어?"

—가짜 능령이 있는 곳으로 왔어.

"잘됐군. 오늘부로 철무한과의 악연을 끝내도록 하자. 계획했던 거 실행해 줘."

사실 아무 관계없던 그와 서로 죽이지 못해 안달 난 사이가 될 줄은 처음 만났을 당시에는 상상도 못 했었다.

하지만 어쩌겠는가. 이미 둘 중 하나는 죽어야 끝나는 관계가 되었으니 죽지 않으려면 죽여야 했다.

"지옥에서 보자고."

창밖으로 점점 가까워지고 있는 성심그룹 본사를 바라보며 준영은 철무한에게 작별 인사를 했다.

* * *

—너무 상심 말거라. 한 달 정도만 그곳에 있으면 이 애비가 모두 해결해 놓으마.

"예, 아버지."

예전이라면 믿어 의심치 않았을 철량의 말이었지만 지금은 한 달 만에 해결되지 않을 일임을 철무한도 알고 있었다.

하지만 그런 내색 없이 대답했다.

아버지, 철량이 부주석직에서 자진 사퇴하는 형식으로 쫓겨나면서 문제가 발생하기 시작했다.

시작은 고작해야 스캔들에 관한 것이었다. 여전히 집안에 고위급 인사들이 많았고 외가가 삼합회를 장악하고 있어 철무한은 신경조차 쓰지 않았다.

한데 스캔들 기사의 초점이 공직자의 비리 문제로 바뀌면서 분위기가 바뀌었다.

철무한을 시작으로 철량, 그리고 철씨 가문의 고위급 인사들의 스캔들이 하루가 멀다 하고 기사화되었고 한 성(省)의 이슈가 중국 전체로 번져 갔다.

게다가 결정적으로 철무한이 새 로봇과 벌레 로봇을 연구소에서 빼돌렸다더라 하는 '카더라' 식 기사와 몇몇 폭탄 테러가 그의 소행일지도 모른다는 추측성 기사가 나오면서 걷잡을 수 없게 돼버렸다.

결국 공안이 철무한을 잡으려고 움직였고 중국에 더 이상 머물 수 없게 된 그는 태국으로 넘어와야 했다.

—능령을 잘 잡아두거라. 진명천이 능령을 찾기 위해 사람을 보냈다면 분명 배반을 생각하고 있는 게 분명하다. 직위를 잃었다고 감히 제깟 놈이 배반을… 으득! 이제 네 정혼자가 아닌 인질이니 대접 따윈 할 필요가 없다. 그저 목숨만 붙여두면 되니 알아서 하거라.

"알겠습니다!"

철량이 화가 난 것처럼 철무한도 진명천의 배신에 치를 떨고 있었다.

어쩌면 기사를 조작—대부분 사실이었지만—해 자신을 궁지로 몬 것도 진명천의 짓일지 몰랐다.

"일이 년만 참으면 되겠지."

하루 벌어 하루를 사는 무지한 국민들의 스트레스 해소 상대가 되었다는 것이 기분 더러웠지만 그런 국민들이었기에 오히려 빨리 잊어버린다는 것이 철무한의 생각이었다.

"고고한 척하던 년이 지금은 어떻게 하고 있는지 궁금하군."

철량과 통화를 끝낸 철무한은 능령이 어떻게 하고 있는지 궁금해졌다.

준영을 유인하기 위해 태국으로 보낸 이후로 한 번도 만난 적이 없었다.

방을 나가자 문밖에서 대기하고 있던 경호원이 바로 따라 붙었다.

"킬러들에게서 연락은 없었나?"

"한 시간 전쯤에 공격을 한다고 연락이 왔었습니다."

"음, 성공을 할지 실패를 할지 오늘 안에 결정이 나겠군."

1억 불의 상금을 건 것은 자신과는 반대로 갈수록 승승장구하는 준영에게 더 이상의 시간을 주지 않기 위해서였다.

또한 현재 한국에 가 있는 킬러들이 실패한다고 하더라도 상금은 계속 유지할 생각이었다.

어쩌면 1억 달러를 노린 온갖 범죄자들에게 평생 괴롭힘을 당하다가 돈에 욕심이 난 가족에게 칼을 맞을 죽을 수도 있는 일이었다.

"능령은?"

"지하에 모셔뒀습니다."

"데리고 올 때 반항은 하지 않았나?"

"예, 순순히 응하셨습니다. 그래서 신체를 구속하진 않고 절대 빠져나가지 못하게만 해뒀습니다."

순순히 응했다니 의외였다.

평소엔 말을 잘 듣고 고분고분한 능령이었지만 불합리한 일에는 성깔이 이만저만이 아니었다.

"가보자."

지하실은 거실 옆방의 비밀 문으로 들어갈 수 있었는데, 가두기 위한 곳이 아닌 대피용이라 쾌적하진 않지만 지낼 만해 보였다.

보초를 서고 있던 이가 철무한을 보자 인사를 했다.

"어떤가?"

"식사도 잘하는 편이고 잡지책을 넣어달라고 해서 넣어줬더니 얌전합니다. 보시겠습니까?"

철무한이 고개를 끄덕이자 철문이 열렸고 방 한구석에 놓인 낡은 침대 위에서 능령이 책을 읽고 있는 것이 보였다.

'여전히 아름답군.'

누군가 들어오자 책에서 시선을 떼고 고개를 돌리는 능령은 예전보다 더 아름다워 보였다.

한데 그게 더 화가 났다.

사랑을 하는 여자는 더 아름다워진다는 말이 떠올라서였다. 게다가 그 사랑이 자신을 향한 것이 아니라 갈가리 찢어 죽여도 시원찮은 준영에게로 향하고 있지 않은가.

"철 가가, 오랜만이에요."

"…아직도 가가라는 말이 나오나?"

"그럼 철무한 씨라고 부를까요? 가가가 원한다면 그렇게 부르죠."

"…닥쳐! 그 더러운 입으로 날 부르지 마."

"뭐가 문제인지 모르겠네요. 태국으로 가라고 해서 태국으로 갔고 이쪽으로 옮기라고 해서 옮겼어요. 한데 이런 곳에 절 가둬놓고… 도무지 이해할 수가 없네요. 혹시 아버… 부주석님 때문이라면 저 역시 안타까워요."

철무한은 능령의 말을 듣고 그녀가 아무것도 모르고 있음을 새삼 깨달았다.

'어차피 인질로 데리고 있어야 한다면 사실을 모르고 있는 것이 나을지도.'

능령의 이름으로 된 재산을 뺏을 계획이었는데, 아마 사실을 알게 된다면 죽으면 죽었지 절대 내놓지 않으려 할 게 분명했다.

철무한은 생각을 바꿨다.

"미안. 아버지 일 때문에 너무 흥분했나 봐. 이 모든 것이 준영, 그놈의 짓인데 널 보니 그놈 생각이 나서."

"이해해요. 하지만 이제 그 사람과 연관 지어 생각하지 말아줘요."

"놈을 잊었다고 말하는 건가?"

"믿지 않겠지만 사실이에요."

능령의 말처럼 철무한은 믿기지 않았다. 안심을 시키고 탈출하기 위한 거짓말일 가능성이 더 높았다.

그러나 말은 생각과 반대로 나왔다.

"믿어. 하지만 한동안 여기에 있는 것이 더 안전할 거야. 여기저기서 날 노리는 사람들이 많거든."

"좀 불편하긴 하지만 상관없어요. 대신 술 좀 넣어줄래요? 아무것도 하는 일 없이 잠만 잤더니 자기가 힘드네요. 안 된다면……."

"아니, 갖다 주지. 필요한 거 있으면 이 사람들에게 말해. 단 외부와 연락할 수 있는 것은 안 돼. 그건… 우리 전부가 위험할 수 있거든."

"지금은 술이면 돼요. 같이 마실래요?"

"…아니, 일이 있어서 나가 봐야 해."

속삭이듯 같이 마시자고 말하는 능령의 모습에 순간 혹했지만 마음을 다잡은 철무한이 지하실을 나왔다.

"감시 카메라는?"

"움직일 수 있는 모든 곳에 설치되어 있고 도련님의 방에 있는 모니터로 확인하실 수 있습니다."

"그렇군. 나도 술이나 한잔해야겠어."

"준비하겠습니다."

방에 들어가 잠깐 기다리자 경호원이 술과 안주를 가져왔다.

"오늘은 이만 됐으니 쉬어."

경호원을 보낸 철무한은 컵에 술을 따른 후 단숨에 들이켰다.

취하고 싶었다.

그래서 가슴 깊숙이 들끓고 있는 분노를 잠재우고 싶었다.

두 잔, 세 잔, 넉 잔…

"크으~ 죽일 놈들!"

술로 잠재우려고 했던 분노는 오히려 술이 들어가자 더욱 들끓었고 결국 목을 넘어왔다.

잃어본 적이 없기에 잃는 것에 대한 면역이 없던 철무한에게는 현재 상황이 도저히 참을 수 없었다.

자신을 추락시킨 준영도, 거기에 일조한 기자들도, 추락하기를 기다렸다는 듯 자신의 가문을 배신한 진명천도 그의 머릿속에서 수천 번도 넘게 찢어지고 불태워졌다.

능령도 마찬가지였다.

아니, 모든 일의 원흉이라고 할 수 있는 이는 바로 능령이었다.

정혼자가 있음에도 더럽게 다른 남자를 마음에 품다니 용서할 수 없는 일이었다.

게다가 그런 주제에 감히 자신을 버리고 한국으로 가 놈과 하룻밤을 보내지 않았던가.

술이 다시 그의 목을 타고 넘어갔다.

문득 능령이 뭘 하고 있는지 궁금해진 그는 리모컨을 조작해 능령의 방을 보여주는 화면을 켰다.

능령은 침대에 앉아 술을 마시며 책을 보고 있었다.

"더러운 년! 이제 와서 고고한 척한다고 누가 넘어갈 줄 아는 거야!"

철무한이 화면 속 능령을 향해 소리쳤다.

열악한 환경에서도 우아하게 있는 모습에 왠지 모를 반발심이 생겼다.

망가뜨리고 싶었다. 부숴 버리고 싶었다.

수하들에게 던져 준 후 그 모습을 찍어 준영에게 보내면 놈이 어떤 표정을 짓나 보고 싶었다.

"목숨만 살려두면 되는 거 아닌가?"

양주 한 병을 거의 다 비운 철무한이 묘한 광기가 흐르는 눈빛으로 중얼거렸다.

"흐흐흐! 진명천에게도 보내면 좋아라 하겠군. 크하하하하!"

그들이 분노하고 절망하는 모습을 상상하니 기분이 절로 좋아졌다.

그리고 그런 상상을 반복하던 철무한은 곧 자리를 박차고 일어났다.

"상상만 해도 이렇게 기분이 좋아지는데 실제로 일어난다면 이 년간의 기다림도 지금보다는 즐겁겠지."

이성은 사라지고 흉포한 감성만 남은 철무한은 다시 능령이 있는 지하실로 내려갔다.

"…술 마시러 왔어요?"

잔뜩 취한 철무한의 모습에 잠시 놀란 표정을 짓던 능령은 곧 표정을 바로 하고 물었다.

"술이 아니라 더 좋은 것을 하기 위해 왔지. 침대에 팔과 다리를 묶어."

"왜, 왜 이러는 거예요! 놔, 놓으란 말이다!"

능령은 소리를 쳤지만 거센 남자들의 힘 앞에 제대로 저항조차 하지 못하고 침대에 사지가 묶였다.

"나가들 봐. 너희들에게도 나중에 기회를 주지."

경호원들의 표정이 순간 묘해졌지만 그들은 곧 고개를 숙인 뒤 문을 닫고 밖으로 나갔다.

"이러지 말아요. 이런다고 문제가 해결되지는 않아요. 일단 얘기를 해보고……."

"가증스럽게 굴지 마! 그런다고 달라지는 건 없어. 더러운 네년의 최후가 어떻게 될지 궁금하지 않아?"

"가가, 제발……!"

침대에 걸터앉으며 철무한은 욕정이 가득한 눈빛으로 능령의 몸을 훑었다. 그리고 그녀의 가슴을 거칠게 잡으며 말을 이었다.

"철저하게 망가뜨려 줄게. 그리고 그 모습을 네년의 아버지와 네년이 사랑했던 준영에게 보낼 거야. 아니, 그보다는 인터넷에 뿌려 버리는 게 더 나을라나? 어쨌든 지금부터 시작해 보자고!"

"아악!"

부우우욱!

능령의 앞섬이 찢겨지며 뽀얀 가슴이 밖으로 드러났고 철무한은 욕정에 번들거리는 눈빛으로 그곳을 빤히 쳐다보았다.

"흐흐흐! 조금 거칠겠지만 희열에 몸부림치게 만들어주지."

철무한이 말을 하며 다시 가슴을 움켜잡으려고 했다.

그런데 그때 능령이 지금까지와 달리 비웃는 듯한 얼굴로 말을 했다.

"그럴 능력이라도 있긴 한 거야?"

"…공포에 정신이라도 나간 거야? 연기하는 거라면 그만두는 게 좋아. 그렇다고 해서 멈추는 일은 절대 없을 거야."

"고작 이런 물건으로?"

능령의 손이 어느 틈에 철무한의 하체를 만지고 있었다.

순간 철무한은 뭔가가 잘못되었다는 생각에 온몸에 오한이 들 정도로 소름이 돋았고 정신이 번쩍 들었다.

"쯧! 그나마도 쪼그라들다니… 왜? 방금 전처럼 계속 씨부려 보지."

능령의 묶여 있던 다른 한 손도 어느새 풀려 손가락으로 철무한의 볼을 톡톡 때리고 있었다.

철무한은 그녀가 묶여 있던 곳이 아예 뜯겨져 있는 것을 보고 비로소 능령의 정확한 정체를 알 수 있었다.

"로봇……!"

"멍청하지는 않군. 본래는 더 지켜볼 생각이었는데 내 몸이 아닌 데도 불구하고 소름이 돋아서 말이야."

"네놈은… 준영이구나!"

"응, 맞아. 네놈이 술에 잔뜩 취해서 내려왔다고 해서 한번 접속해 봤어. 마지막 작별 인사는 해야 할 것 같아서."

"이놈!"

"목소리 키워 봐야 소용없어. 어차피 저택 전체가 날아가 버릴 테니까 말이야."

철무한은 온 힘을 다해 벗어나려고 했지만 로봇 능령의 팔에 잡혀 옴짝달싹도 할 수 없었다.

대신 자유로운 입만 놀릴 수밖에 없었다.

"네놈을 기필코 죽여 버리겠다!"

"살아날 수 있다면… 능령이 같이 샤워하자고 불러서 이만 가봐야겠다. 그럼 잘 가. 십, 구……."

준영의 말투는 사라지고 기계적인 음성의 카운트다운이 시작되었다.

"놔! 놓으란 말이야! 쏴! 이년을 쏴버리란 말이야."

철무한의 목소리를 듣고 안으로 들어온 경호원들은 능령에게 꽉 잡힌 채 꼼짝도 못 하고 있는 그를 보고 잠시 당황했다.

하지만 곧 두 명은 총을 빼어 들고 능령의 머리를 향해 총질을 했고 나머지 두 명은 철무한을 떼어내려고 안간힘을 썼다.

그러는 동안에도 능령의 카운트다운은 마지막을 향하고 있었다.

"이, 일."

"안~~ 돼!!!"

철무한은 온 힘을 다해 안 된다고 소리쳤지만 로봇 능령의 입은 멈추지 않았다.

"제로."

부확! 번쩍!

새하얀 섬광과 함께 비명을 지르던 철무한은 순식간에 증발되어 사라져 버렸다.

『개척자』 8권에 계속…

고통과 좌절의 시간들을 뛰어넘어
불사조처럼 일어나 세계를 제패한 사나이의 일대기.

대한민국을 넘어 메이저리그를 평정하며
명예의 전당에 헌정된 언터처블 투수, 이강찬.

강철 같은 어깨에서 뿜어져 나오는 그의 패스트볼은
무적이었으며 야구계에 길이 남을 **신화**였다.

야구만을 사랑했던 고독한 사나이.
그의 *퍼펙트게임*이 이제 시작된다!